AF445508

Sous la rose

ROSIE JANEL

Sous la rose

ISBN : 979-10-699-0006-6

à H.B

1 - 28 janvier 2012

La lettre

8 h 58. Le facteur, certainement. Avant même d'entrebâiller la porte, et que ses lèvres ne bougent, son insupportable couplet sur l'économie et les valeurs du pays qui partaient à vau-l'eau ou je ne sais où encore chantonnait dans mes oreilles. Ses litanies tragi-comiques ne me seraient pas épargnées ce matin ; je devinai son costume bleu sombre à travers le carreau. On l'avait affublé du

surnom de « Pois chiche ». Lui ne voyait là qu'un jeu de mots dérivé de son prénom, Pierre, et de son nom, Chive. Moi, j'avais une tout autre explication. Bref, impatiente de voir son visage grave sur lequel on avait comme balancé au dernier moment une bouche disproportionnée, aux coins légèrement relevés, stoppée au milieu d'un rire, figée à jamais dans une position mi-figue mi-raisin aux allures de constipation, j'ôtai le verrou. Il déblatérait déjà, mais dans une tonalité nasillarde inhabituelle qui donnait l'envie furieuse de tourner les talons. Il devait certainement détenir l'un de ces scoops malsains sur lesquels on se jette comme des charognards et qui rendaient sa journée bien plus lumineuse qu'à l'accoutumée : « Vous ne devinerez jamais, untel s'est pendu... », « Untel est parti avec la femme du cordonnier ». Quelle allait être aujourd'hui cette alléchante nouvelle qui égayait Pois chiche ?

En deux temps trois mouvements, il se tenait debout dans mon étroite cuisine. Pas la peine de prononcer une quelconque invitation à entrer, mon regard devait parler de lui-même, la magie de la transmission de pensées. Y lisait-il qu'il m'ennuyait prodigieusement et que sa voix aiguë amplifiait inéluctablement mon mal de crâne ? Je le fixai. Quelle mouche l'avait piqué ? Ses yeux verts couleur pin brillaient d'excitation, comme ceux d'un gamin devant des barbes à papa, et il se balançait légèrement d'une jambe sur l'autre... Allait-il finir par salir mon carrelage ?

— Que vous arrive-t-il, vous avez attrapé la queue du Mickey ? Si vous pouviez juste articuler un peu...

Il me lança un regard inquisiteur : il n'avait pas saisi la référence, mais connaissait mon penchant pour le cynisme. Ayant osé le couper dans son élan, je dus finalement le prier pour qu'il daigne m'éclaircir sur les raisons de sa bonne humeur, et en l'occurrence qu'il y ait une chance qu'il quitte ensuite ma maison. Car il avait apparemment décidé de faire durer le suspense. Insoutenable.

L'air sévère et ses lèvres surdimensionnées pincées, il tentait à présent de rendre l'instant sérieux – en vain, bien entendu. Il ressemblait à l'un de ces mauvais acteurs de tragédies sans talent s'efforçant de maquiller leurs lacunes avec un trop-plein d'effets dramatiques. Alors que j'avalais difficilement ma salive et torturais mes pauvres lèvres pour ne pas pouffer de rire, il se décida enfin à couper court à cette mascarade :

— Cette lettre vous a été envoyée il y a 18 ans.

Je le fixai, mi-amusée, mi-incrédule, tandis qu'un silence pesant s'installait. Peut-être avait-il juste pris un peu trop de cachets avec son café du matin ? Je vérifiai mon calendrier : non, le jour des canulars ringards et des poissons bariolés scotchés dans le dos n'était pas encore arrivé.

— Dis donc, la poste fait de moins en moins bien son travail..., fut la seule réplique qui me vint à l'esprit.

Mais l'heure était grave. Ma petite blague ne fit pas son effet. Pois chiche se détourna cérémonieusement et partit en agitant une main en l'air en signe de mécontentement. J'avais brisé SON moment, celui où pour une fois se produisait un événement insolite et où il se glissait dans la peau d'un messager exceptionnel. Mon humour déplacé avait réduit à néant sa jovialité. Je me sentis un brin coupable, mais assez satisfaite d'être de nouveau en tête-à-tête avec ma tasse de café... et cette fameuse lettre. Étant de nature particulièrement curieuse et malgré le désintérêt que j'avais arboré devant mon cher postier, celle-ci m'intriguait. Je décidai pourtant de ne pas me précipiter pour la décacheter, préférant laisser un peu divaguer mon imagination. Une fois ouverte, la réalité risquait de manquer si cruellement de fantaisie que cette première phase d'approche était particulièrement importante. « Tiens, une réduction pour des mèches dans un salon de coiffure fermé depuis dix ans ». « Ah, une amie m'adressant une carte postale de Normandie : *The sun shines, kisses* ». « Oh, un énième faire-part de naissance... Dire que le bébé est à présent majeur ». L'instant précédant la découverte se voulait bien plus affriolant. Une multitude de scénarios restaient alors envisageables.

J'examinai l'enveloppe : un timbre ordinaire pour l'époque, un papier entièrement jauni et un cachet : Lyon. Tiens donc... Une ville que je n'avais jamais eu le loisir de visiter et que je ne connaissais qu'à travers les médias, notamment leurs reportages annuels sur la fête des Lumières. On réduisait souvent les endroits méconnus à l'une de leurs spécificités parmi tant d'autres, Paris et la Dame de fer, Barcelone et sa Sagrada, Cambrai et ses Bêtises... Lyon allait ainsi de pair avec ces somptueuses projections murales multiformes que l'on pouvait admirer durant une poignée de jours en fin d'année. Sinon, je n'avais jamais rencontré personne venant de cette cité. Ou ma mémoire me faisait défaut. Mon adresse était écrite au stylo noir : des boucles de consonnes peu allongées, des « o » d'une rondeur quasi-parfaite... Je pariais sur une écriture masculine. Mais aucun nom ne me vint à l'esprit.

Dix-huit ans... Je résidais bel et bien déjà en Loire-Atlantique, même ville, même rue, ce qui rendait ce petit miracle possible. Alors âgée de 24 ans, je partageais cette maison avec ma sœur, mes parents ayant choisi de déménager au bord de la Méditerranée pour une obscure raison que je m'étais résolue à ne jamais comprendre. Vouloir troquer marées et déferlantes océaniques contre tramontane et houle maritimes restait pour moi l'un des grands mystères de l'histoire... Avais-je un petit ami à l'époque ? Certainement, de passage. Mais je venais d'entrer de plain-pied et pour un petit moment encore dans l'une de ces phases où, après une peine de cœur conséquente, on renonce à toute liaison durable à vie, voire au-delà. On crie haut et fort que jamais, ô grand jamais, on ne nous y reprendra. Et l'on tient parole au moins huit mois.

Dans mon cas, il me fallait toujours plus de temps que mes concitoyennes pour émerger, me raisonner, arrêter de griffonner des pages et des pages dégoulinantes de pathos. J'avais revu la lumière du jour et stoppé mes lamentations assommantes à l'aube de mes 26 ans. Il m'avait toujours fallu plus de temps...

Je n'avais donc aucune réponse. Un tantinet amusée par cette surprise du destin, je décachetai l'enveloppe en pensant que l'invasion du numérique, ces dernières décennies, rendait encore plus improbable ce genre de situations.

Un prénom. Des parcelles de souvenirs flous refirent naturellement surface, me rappelant que le mécanisme de la mémoire pouvait s'avérer énigmatique et surprenant. Quelques flashes plaisants se manifestèrent. J'avais passé un vague bon moment en sa compagnie, aussi fugace que délicieux. Aussi angoissant que frustrant. Angoissant, car ce partenaire d'un soir possédait une personnalité peu rassurante rouvrant des cicatrices d'antan ou plutôt, toutes proportions gardées, des balafres sanguinolentes recousues à l'aide de fil d'étain. Ses mains avaient la même rudesse que celles qui m'avaient auparavant maintenue si peu délicatement au sol, son poids achevait de matérialiser son emprise. Il s'agissait pourtant d'une angoisse réconfortante, bien que cette formule puisse paraître ambiguë. Car autant, pour mon expérience passée, je n'avais jamais pu affirmer que le rapport avait été réellement voulu, autant dans ce cas précis, le désir était intensément présent, malgré l'épée de Damoclès que représentait cette force sourde. Autant il m'avait fallu nombre de gels douche pour arriver à effacer l'odeur malsaine de la première aventure, autant j'aurais conservé bien volontiers plus de quelques heures le parfum de cette seconde liaison sur mes cheveux. Pierre.

Peut-être étais-je en train d'enjoliver mes souvenirs, et le goût agréable que j'en gardais s'assimilait à une fabrication maison. Quoi qu'il en soit, ce hasard m'amusait. Si beaucoup auraient évoqué le destin, je ne voyais là qu'un moyen de me divertir un peu. Nulle raison de s'épancher sur le contenu de la lettre : il s'agissait clairement de l'une de ces lâches et timides déclarations écrites que l'on n'arrive guère à exprimer de vive voix, de peur que la réaction engendrée ne soit pas celle escomptée. Combien de fois avais-je employé cette basse stratégie pour ne pas être confrontée à la colère, l'étonnement ou la déception d'autrui ? Dans ce cas particulier, les sentiments étaient positifs, mélange d'attendrissement et de pathétisme. Y aurais-je apporté une réponse à l'époque ? J'aurais certainement apprécié cette douce marque d'attention, mais sans doute l'aurais-je jugée trop précipitée, et elle n'aurait en rien influencé mon avenir. La « lettre-effet-papillon » constituait un beau titre de roman à l'eau de rose, mais la réalité était sûrement plus terre à terre. J'aurais souri béatement à la lecture de cette missive qui aurait grandement flatté mes chevilles, l'aurais stockée dans un coin, aurais hésité très longuement à retourner quelques mots doucereux, puis me serais finalement mariée au même homme. Je lui aurais fait le même enfant. Et aurais aussi divorcé dans la foulée. En bref, on aurait pu parler de l'effet « papillon-à-l'aile-amochée », à la répercussion très restreinte, celle d'un ricochet raté, d'un boomerang restant mollement pendu à une branche.

Et à présent, que devais-je en faire ? M'amuser un peu, ou la balancer simplement aux ordures, sans autre forme de procès ? J'optai pour la première solution. La situation était bien trop burlesque pour ne pas l'exploiter un minimum. Je décidai donc de formuler une réponse, comme si cette lettre m'avait été expédiée la veille, faisant abstraction de la date, de l'eau ayant coulé sous les ponts, des aléas de la vie. Une missive atemporelle. En y réfléchissant, les chances de réussite du pseudo-plan échelonné étaient si minces que l'effort consenti pour l'écrire ou l'encre utilisée n'en valait même pas la chandelle. Pourtant, ayant achevé ma dernière nouvelle une semaine auparavant – oui, le roman aurait été mon genre de prédilection si je m'étais révélée un peu moins tire-au-flanc –, je choisis de m'accorder cette pause récréative. La probabilité que l'adresse mentionnée au dos soit encore sienne était du reste aussi maigre que celle qu'il m'ait gardée dans sa mémoire. Or comme j'avais fait de l'écriture ma vie, mon quotidien, la perte de temps ne serait pas bien importante.

Mais je me trompais. J'avais eu beau griffonner des pages et des pages de verbes, conjonctions, sujets, prépositions, compléments de nom et j'en passe durant des années et des années, pondre ce fragment de mascarade me prit de nombreuses heures. Mon brouillon n'était que ratures ou autres marques de mécontentement. À mon corps défendant, la mission était périlleuse, car je devais composer un courrier mêlant bribes de souvenirs et cynisme cinglant. À deux doigts d'abandonner ce chantier insipide qui ne divertirait que moi, j'atteignis mon objectif – je l'avoue bien volontiers, celui-ci n'avait d'ailleurs rien de glorieux. J'avais choisi de taire mon occupation du moment devant mes proches qui n'allaient pas manquer, sinon, de se déguiser en moralistes : « Ça s'appelle jouer avec les sentiments des autres », en rabat-joie. « Et alors ? Ça t'apporte quoi de répondre 20 ans après ? Ridicule... ». Ou encore en défenseur des nouvelles technologies : « Il y a plus efficace qu'une pauvre lettre manuscrite ! On vend encore des stylos dans les supermarchés ? » Les soi-disant sentiments étaient morts et enterrés six pieds sous terre depuis belle lurette. Le ridicule ne tue pas. La plume reste à mes yeux le plus bel instrument de communication. Ma plaidoirie était déjà accomplie et gagnait la partie. Point final. Demander des avis à droite à gauche ne servait qu'à faire grandir le doute, et à renoncer au final à des projets ayant eu la malchance de se voir confrontés à des arguments bancals.

Je décidai donc de ne dévoiler mon courrier qu'à mon chat : une oreille profondément attentive pour peu que la lecture soit accompagnée de petits fours thon-crevette et d'une coupe de lait. Je fus forcée d'avouer moi-même, en me relisant à voix haute, qu'il tendait plus vers le barbant que le passionnant, et la bouille déconfite de mon animal ne laissait guère plus de place au doute : le style pseudo-romantique seyait très mal à mon écriture, même lorsqu'il servait à enrober affabulations et duperie. J'avais construit un long et ennuyeux monologue dépeignant ma réaction surprise à la vue de cette lettre, feignant de ne pas m'apercevoir de sa couleur profondément jaunâtre et donc de sa date d'écriture. Ni du timbre-poste dont la production avait été stoppée depuis belle lurette. D'ailleurs, les francs n'avaient pas encore été détrônés par les euros. Heureusement, l'encre et le papier étaient de qualité, et les locaux de la poste n'avaient subi aucune inondation durant ces dernières décennies. Sinon, cette machination puérile n'aurait jamais vu le jour. Quel dommage.... Je songeai que si j'avais dû sortir un roman sur ce sujet, sans doute aurais-je préféré le concept de bouteille à la mer repêchée par un marin solitaire au large de Ouessant. L'idée était bien plus poétique que celle d'un bout d'écorce prenant la poussière pendant des années avant d'être par hasard retrouvé par un postier écervelé au fin fond d'un sac en lambeaux.

Enfin, toujours est-il que ma tirade confiait à mon soupirant de l'époque que je n'avais rien oublié de ce moment partagé, de son parfum obsédant – en mettait-il, au moins ? Je n'en étais plus certaine – ou de ces discussions qui, soyons honnêtes, sont aussi futiles qu'inutiles à stocker dans l'espace mémoire déjà bien trop étroit de notre cerveau. Finalement pitoyablement satisfaite de mon travail et de la manière dont j'occupais mon temps libre, je postai la lettre au coin de ma rue avec un sourire triomphal, imaginant l'expression du destinataire, à condition que la lettre atteigne sa cible. Bon, il me fallait être savamment inventive puisque me remémorer les traits de son visage d'autrefois représentait déjà une tâche bien complexe. Mais je pouffai, seule au bord de la route, songeant aux sourcils froncés et à la mine béate de mon correspondant ouvrant une telle missive : « Mais qui est-ce donc ? Comment ça, ma déclaration ? C'est une folle ! Quelle immaturité ! » Je devais paraître bien inquiétante à sourire niaisement en me créant quantité de scénarios plausibles, car le regard du passant que je croisai alors reflétait l'incompréhension, saupoudrée d'un soupçon de craintes.

Cette courte aventure n'encombra bien heureusement aucunement mes nuits suivantes. Sans mentir, ma routine quotidienne eut vite fait de chasser cette anecdote de mes pensées. Mon postier dérangeant, qui ne m'avait adressé qu'un vague bonjour durant le reste de la semaine, vexé jusqu'à l'os, s'était rapidement remis de sa déception. Bien que sa curiosité n'eût pas été le moins du monde assouvie. Peut-être se voyait-il déjà accorder des interviews à tel ou tel journal à potins, ou carrément passer sur les grandes chaînes nationales qui se seraient battues à coups de centaines d'euros pour obtenir les déclarations de l'homme à l'origine d'une découverte aussi fabuleuse : « Une lettre enflammée restée dans l'ombre pendant 20 ans resurgit ». Les unes mielleuses auraient fleuri à droite à gauche. « Le début d'un conte de fées ? », « Un destin bouleversé par un concours de circonstances ». Les médias raffolaient de ce type de faits divers ternes et insipides. Et mon facteur aurait très certainement aimé devenir l'une de ces stars d'un soir que l'on retrouve en psychothérapie quelques années plus tard, victimes de leur célébrité aussi passagère qu'incompréhensible et d'un retour plus que brutal à la triste réalité.

Or mon étonnement fut grand lorsque, près d'un mois après, à travers une pile de pubs portant aux nues le fameux bifteck de chez Dupont ou l'aspirateur magique ramasse-miettes de chez Durand, je tombai sur la réponse à ma lettre. Je ne fis pas, cette fois, durer le mystère car je l'ouvris machinalement, sans même me demander qui s'était donné la peine, en l'an 2012, d'écrire mon adresse à la main. Je fus tout de même interpellée par le contenu : quelques phrases manuscrites accompagnées d'une carte d'invitation.

11– 26 avril 1994

18 ans auparavant

La fête

Pourquoi donc les fêtes d'anniversaire sentaient toutes ce parfum de déjà-vécu un bon millier de fois ? Des litres de punch s'infiltraient dans les veines des participants, par petite dose ou époustouflante rasade, les enceintes crachaient leurs mélodies des années 1980 usées jusqu'à la corde mais dont le succès sur le dancefloor ne se démentait finalement jamais.... On racontait sa vie en accéléré, ce qui la rendait fatalement presque insignifiante, vidée de sa substance puisqu'on la résumait en quelques phrases, s'étonnant soi-même de la rapidité avec laquelle on en faisait le tour ; un descriptif qui s'érodait encore davantage lorsqu'il était répété de bouche en bouche, s'appauvrissant toujours un peu plus pour finir par être totalement inintéressant. On poursuivait vite en parlant des absents, cibles de critiques inépuisables, leur faute la plus impardonnable étant de ne pas être là pour se défendre ou pour dévier la conversation vers un autre. Et ce jusqu'à ce que le degré d'alcool parcourant l'organisme ne rende plus possible que des discussions décousues masquées par les cris de ceux qui dérivaient déjà vers un lointain ailleurs. On redansait les mêmes chorégraphies déformées, martyrisait les mêmes chansons, recréant la partition musicale, réinventant les paroles faites d'un méli-mélo vaseux de syllabes incompréhensibles, d'anglais massacré à coups de prononciation chamallowisée. Des scènes répétées inlassablement, jusqu'à tard dans la nuit, permettant de se vider l'esprit l'espace de quelques heures, une sorte de répit, de repos du guerrier. Mais sans le sommeil réparateur. Ou peut-être s'agissait-il encore d'une énième bataille à livrer à soi-même pour se sentir exister ?

Blasée à 24 ans à peine. Voilà ce qu'était ma réflexion de l'instant, assise, le menton posé sur les mains, les yeux rivés sur les acteurs du show se dandinant sans retenue sur la piste de danse improvisée. Certains possédaient sans conteste la capacité de mettre le feu à une soirée, d'emballer l'ambiance à l'aide de quelques pitreries bien maîtrisées, d'un ou deux tours faisant fureur en toutes circonstances. Un véritable talent dont je n'étais malheureusement pas dotée.

A ma droite, quelques-uns lorgnaient avec effroi le buffet, hypnotisés par ces toasts et sucreries appétissantes, appâtés par cette fontaine de chocolat n'ayant de cesse de les interpeller par ses glouglous constants, harcelants. A gauche, des flashes crépitaient : les photographes tenaient leur rôle. Ils étaient du reste essentiels lors de ce type de festivités, construisant des souvenirs, immortalisant un instant de bonheur, un rire, une pose burlesque ou encore un rapprochement. Des clichés qui deviendraient un témoignage indélébile d'une amitié partagée, d'une histoire naissante, d'un moment de défoulement, de honte ou parfois d'une soirée ratée. Ces photos couleur, sépia ou noir et blanc pouvaient également être de totales inconnues pour le principal intéressé lui-même, devenu soudainement amnésique après l'absorption d'un cocktail savamment préparé par le préposé aux boissons. Une preuve en image des risques encourus à se laisser séduire par les doux élixirs exhibés à la vue de tous telle une offrande empoisonnée.

Parmi ces paparazzi d'un soir, je remarquai alors une nouvelle tête à moitié cachée derrière son appareil photos. Lui avais-je seulement dit bonjour ? Mes rêveries me rendaient décidément de plus en plus taciturne, voire impolie. Mon regard, attiré un temps par un mouvement ou un fou rire provenant d'un autre endroit de la salle, revenait constamment dans sa direction, glissait irrémédiablement vers celui dont je venais seulement de découvrir l'existence.

Cette attraction m'étonna, car de prime abord, elle ne pouvait s'expliquer par les caractéristiques physiques du jeune homme. Quoiqu'il n'ait rien de repoussant, il ne cassait pas non plus des briques. Mais nos goûts et nos couleurs avaient le don de nous surprendre constamment, au détour d'un fromage toujours détesté que l'on trouve tout à coup exquis, ou de chaussures tristement ringardes que l'on déterre du fond de son armoire en s'extasiant de remettre la main sur ce trésor oublié.

L'expérience désastreuse que je venais de vivre aurait dû me rendre hermétique à tous ces jeux sentimentaux se terminant très souvent en cataclysme. Mais l'alcool faisait certainement ressortir mon côté aventureux, ou peut-être me rendait-il simplement inconsciente. Je l'étudiai donc plus méticuleusement, sans redouter le moins du monde qu'il puisse me surprendre. Bien au contraire, j'insistai pour croiser son regard. Ma patience fut récompensée. Un frisson me parcourut : au-delà de la légère montée d'adrénaline, j'eus l'impression d'y voir mon reflet.

La théorie de l'âme sœur décrite par Platon selon laquelle nous étions à l'origine des individus constitués de quatre jambes, quatre bras et deux têtes que Zeus aurait coupés en deux pour en atténuer la force m'avait toujours fait doucement rigoler. Nous étions donc en quête de nos 50 % manquants. Or vous aviez très peu de chance de tomber sur votre moitié disparue si, vivant en France ou au Portugal, elle vous attendait avec impatience en Australie ou au bord du Turkana au Kenya. Si, résidant dans un HLM à Clichy-sous-Bois, elle poireautait à Monaco ou dans les montagnes birmanes. Car pour quelle raison logique son lieu de naissance ou sa position sociale serait similaire à la vôtre ? Néanmoins, on aimait y croire, se persuader que quelque part sur terre se trouvait notre personne. Et qu'il fallait juste attendre qu'un bienheureux hasard nous amène à la bousculer dans le métro, ou à participer au même voyage organisé. En sachant pertinemment que tout ceci n'était que mascarade. La sphère religieuse n'était pas la seule à se constituer un rempart fait d'histoires abracadabrantes, le monde du romant-isme n'avait rien à lui envier.

Je me dois de rassurer les âmes facilement jalouses, ce soir là, je n'avais donc pas frôlé ma moitié qui, si elle avait eu la bonne idée de se matérialiser, aurait sûrement choisi d'aller s'établir sur Pluton ou l'un des anneaux de Saturne. Non, j'avais simplement fait brièvement connaissance avec mon partenaire de la nuit suivante : Pierre.

Et cette fameuse nuit fut assez satisfaisante. Après un bref topo sur notre vie et particulièrement nos passions, moi l'écriture, lui le dessin, la peinture ainsi que la photographie, les tabous s'évaporèrent : n'est-il pas exact que nous n'étions plus totalement des inconnus suite à ces révélations ? Les choses sérieuses pouvaient donc commencer : elles débutèrent sur les chapeaux de roues, dans un appartement. Ne supportant plus, ces derniers temps, aucun rapprochement physique, je dus me résoudre à l'évidence : son charme avait largement opéré sur moi. De façon intrigante et mystérieuse. Y a-t-il finalement meilleur moyen d'apprendre à cerner une personnalité que de partager ses désirs durant une nuit ? La sienne me troublait. Tantôt doux, tantôt presque effrayant, je me demandais constamment à quelle sauce j'allais être croquée. Ma grande méfiance vis à vis des hommes expliquait partiellement l'angoisse ressentie, mais ses gestes parfois brusques n'y étaient pas non plus totalement étrangers. Pourtant, lorsque je le quittai, au petit matin, ce fut avec l'espoir honteux qu'il essaie de me retenir quelques heures. Puis qu'il me donne de ses nouvelles par la suite. Qu'arrivait-il à mon caractère bien trempé ? Et à mes récentes résolutions ? Dans tous les cas, il choisit de ne rien faire de tout ça. Je me résignai donc à le chasser de ma mémoire, non sans une pointe d'amertume. La tâche n'était du reste nullement impossible quand les minutes passées ensemble se comptaient sur les doigts d'une main. Mais ce goût d'inachevé gâcha partiellement celui de l'instant partagé. La page fut donc tournée avant même d'être raturée. Un léger coup de cœur qui ne méritait aucunement que l'on y porte attention ou que l'on fournisse le moindre effort pour comprendre le comment du pourquoi.

III - 8 mars 2012

L'inauguration

Pierre repensait au courrier qu'il avait jeté dix jours auparavant dans une boîte aux lettres du quartier Bellecour. Il avait glissé dans l'enveloppe une invitation à un vernissage ayant lieu ce jeudi même, en début de soirée : celui de la troisième galerie d'art qu'il était sur le point d'ouvrir dans la banlieue lyonnaise. Sa curiosité avait été plus qu'éveillée par la lettre venue de nulle part que son père lui avait remise lors de sa dernière visite dans la maison familiale. L'inconnue y faisait référence à un papier qu'il avait soi-disant écrit... Certainement une erreur sur la personne. Néanmoins, il était joueur, et de plus célibataire. La vie ne lui offrait pas tous les jours l'occasion de faire connaissance avec une femme sans passer par ces décevants sites de rencontres sur lesquels on croisait à foison désespérées et dépressives. Et évoluant dans la sphère artistique, il avait également eu son lot d'artistes déjantées. L'expéditrice de la lettre avait l'air quelque peu dérangé elle aussi, étant donné la méprise sur le destinataire et le message qu'elle lui adressait, mais son écriture, bien que très pompeuse, l'avait charmé. Elle lui paraissait être celle d'une personne de sa génération. Il eut ainsi envie de découvrir le visage qui se cachait derrière ces très longues phrases bardées d'adjectifs bien trop solennels. Pour cela, il avait fallu jouer le jeu et se mettre dans la peau du soupirant. Rester vague et tenir un discours empreint de banalités lui était apparu comme la seule méthode envisageable, le tout étant bien entendu qu'elle accepte de parcourir les quelque 700 kilomètres qui les séparaient afin d'assister à un vernissage d'une poignée d'heures. Mais elle semblait assez entichée de l'homme en question pour accepter l'inacceptable : effectuer plus de 700 bornes pour boire un verre de champagne, palabrer sur des tableaux dont le sens lui échapperait certainement et surtout être en bonne compagnie. Néanmoins, il ne désespérait pas de l'y rencontrer, et puisqu'il était l'auteur de la majorité des invitations, il n'aurait aucun mal à remarquer l'intruse.

Pour autant, il se sentit légèrement contracté en milieu d'après-midi, un état inhabituel chez lui qui le rendait de très mauvaise humeur. Il n'avait obtenu aucune réponse à son invite, ce qui n'aurait dû en rien le perturber puisqu'il ne savait même pas si l'inconnue était blonde ou rousse, mince ou grassouillette. Certainement avait-elle plus l'allure du rat de bibliothèque que le look d'un top-modèle. Or, son esprit s'autorisait à vagabonder sans vergogne vers une représentation idéaliste du corps féminin, du visage aux proportions exactes, alors même qu'il avait conscience que seuls l'art et l'imagination étaient susceptibles d'approcher ce genre de perfection. La réalité rimait le plus souvent avec fadeur et impuretés. Pour chasser ces images troublantes de ses pensées, il se plongea dans les préparatifs de sa petite soirée, tout en se forçant à se remémorer le message romantico-déprimant de la lettre reçue. Une âme aussi torturée pouvait-elle réellement être enrobée d'une enveloppe charnelle de qualité, ou le physique était-il forcément contaminé par le contenu ? Oui, il devait à présent puiser dans son stock de cynisme pour recouvrer sa bonne humeur et sa concent-ration. Or, jusqu'à l'heure fatidique, il continua malgré lui à fantasmer sur l'identité de la personne qui se voilait derrière cette écriture ampoulée, à l'instar de ces hommes pianotant sur leur clavier d'ordinateur en s'imaginant correspondre avec leur idéal féminin.

À 21 h 08, je me cognai vigoureusement dans cette stupide porte transparente bien trop propre pour être réelle. La soirée continuait sur le même tempo effréné d'un incident toutes les demi-heures. Une roue crevée, un GPS hors service, un pantalon craqué, mon CD d'Archive coincé dans le lecteur : ce foutu rendez-vous m'avait déjà coûté nombre de déconvenues. Pourquoi donc avais-je pris le volant pour m'embarquer dans cette galère sans nom ? Afin d'admirer des croûtes honteusement vendues à des prix exorbitants ? Ou les beaux yeux d'un étranger à qui je n'aurais strictement rien à raconter ?

Je ne percevais que trop clairement la raison de cette folie : vouloir à tout prix relever le défi, bien qu'il soit des plus absurdes. Je n'avais pas gagné un gramme de sagesse depuis les fameux « cap ou pas cap ? » de l'école primaire. Un défi véritablement de taille, puisqu'il m'avait déjà fait perdre un jour entier sur la route et boire une dose inavouable de caféine qui m'obligerait à effectuer un footing en fin de soirée pour espérer dormir deux ou trois heures. Le trajet, déjà bien pénible, s'était en plus vu rallongé d'une vingtaine de kilomètres encore à cause d'une sortie mal indiquée, puis de vingt minutes, les places de stationnement disponibles étant un spécimen rare dans le quartier. Étant donné mon degré d'agacement, j'hésitai à prendre illico l'itinéraire de retour ou tout au moins de l'hôtel réservé, mais j'arrivai à me raisonner, respirant juste un peu plus rapidement lorsque je m'aperçus de l'oubli de mon chargeur de téléphone portable. Celui-ci braillait depuis quelques minutes, réclamant sa ration d'électricité. Je me retins de l'envoyer valser par la fenêtre et le fourrai dans la boîte à gants après l'avoir éventré : la patience ne se trouvait pas être l'un de mes points forts.

Bien entendu, la pluie profita de cet instant pour s'inviter, souhaitant mettre son grain de sel dans ce déferlement de malchance. Quelques gouttes s'écrasèrent mollement sur le pare-brise, comme pour me signaler que même les éléments naturels avaient, ce soir, choisi leur camp. Et ce n'était malheureusement pas le mien. Évidemment, je ne possédais aucun parapluie. J'avais cessé d'utiliser cet ustensile encombrant lorsque j'avais jugé qu'entre mes mains, il représentait un danger trop important pour les passants qui croisaient mon chemin. En temps normal, je ne détestais en aucun cas le crachin, la bruine ou l'averse, au contraire. Le climat tempéré de Loire-Atlantique me satisfaisait pleinement. Mon écriture était bien meilleure lorsque je me tenais sous une tonnelle, à écouter la pluie tomber sur la toile ou l'orage gronder au loin, que sous un soleil de plomb ou un parasol. Ma coiffure n'avait rien à craindre non plus de ces quelques gouttes car elle n'était nullement sophistiquée, et je me félicitai d'avoir encore une fois opté pour le naturel. Par pure fainéantise certainement, mais quelle importance finalement ?

Néanmoins, ces intempéries étaient aujourd'hui pour moi un énième signe de provocation, ou carrément de persécution.

Pourtant, je sortis courageusement et d'un pas décidé de mon véhicule pour me lancer à la recherche du fameux numéro 12 de la rue, n'omettant pas de me tordre la cheville sur le seul caillou présent sur le trottoir. Dix minutes plus tard, après avoir fait machine arrière et vérifié par la même occasion que ma voiture n'avait pas bougé d'un pouce, je me dirigeai enfin dans le bon sens et m'attaquai avec conviction à cette fichue porte vitrée. Le contact fut rude, et ma tête ne gagna pas, comme le confirma la bosse qui apparut une poignée de minutes plus tard sur mon front. Je jurai sans la moindre retenue avant de m'apercevoir que quatre ou cinq regards rieurs étaient braqués sur moi, plus quelques-uns encore derrière eux. Quelles options se présentaient alors à moi ? Rester stoïque et digne. Ou courir vite. Sûrement aurais-je dû prendre mes jambes à mon cou. Je préférai affronter mon destin, en commençant par me confronter à cette porte pesant le poids d'un âne mort en plus d'être sournoisement invisible. Lorsque l'obstacle fut enfin franchi, j'eus l'opportunité de scruter en détail les yeux moqueurs qui m'examinaient encore lourdement. J'en déduisis avec soulagement, vu leur aspect brillant, que la petite fête devait être entamée depuis belle lurette et que mes déboires n'étaient vraisemblablement pas l'unique cause de l'ivresse que je lisais à l'intérieur. Avec un peu de chance, mon combat acharné pour pénétrer dans la salle était passé incognito.

Mais on l'aura compris, il m'aurait été inutile d'aller acheter un billet de loterie aujourd'hui – quoique, sait-on jamais ? J'avais la guigne. Une fois que l'on eut scrupuleusement vérifié mon invitation, je me plongeai dans la contemplation du premier tableau venu. De toute façon, je n'avais plus aucune illusion : les petits fours devaient être à présent réduits à l'état de bouillie, bien au chaud dans l'estomac de mes congénères. Quant au champagne, je ne désespérais pas d'en voir la couleur, et mon optimisme fut vite récompensé : un homme arrivé de je ne sais où me tendit un verre que je m'empressai d'accepter. Je me retins d'ailleurs de le boire d'une seule traite, surtout lorsqu'il entama la conversation sur ma rencontre inopinée avec la porte. M'interdisant de quitter le tableau des yeux pour dévisager l'individu, je ne pus me fier qu'à son timbre de voix et à l'infime partie du profil que j'arrivais à distinguer pour en conclure que ce devait être mon correspondant. Une déduction logique étant donné qu'il était le premier à m'adresser la parole.

— Alors, appréciez-vous les œuvres de Nathalie K ?

« Nathalie K ? » Je connaissais effectivement une Nathalie exposant de sublimes peintures dans un bar du VIe arrondissement de Paris, mais son nom de famille était Lemaitre. Nathalie K ne m'évoquait absolument rien, ou peut-être vaguement une marque de céréales, une chanteuse ou encore un titre de Placebo faisant référence à la kétamine. Mais je devais en convenir, ma culture picturale était plus que limitée. Mon interlocuteur me sortit de l'impasse, une pointe d'étonnement dans la voix :

— Eh bien oui, l'artiste qui expose ce soir, Nathalie K.

Je piquai un phare. Mes yeux, scotchés sur la toile depuis des lustres, disséquaient à cet instant précis l'une des œuvres de la fameuse Nathalie K... Le ridicule ne tue pas, mais je concède qu'il fait réellement des dégâts. À ma décharge, je n'avais guère eu le temps nécessaire à l'examen du tableau, mon attention ayant tout de suite été accaparée par le champagne, puis par l'inconnu posté à mes côtés. Alors que le malaise s'installait entre nous, une femme d'une soixantaine d'années vola involont-airement à mon secours, interpellant bruyamment mon équipier pour lui raconter sa trouvaille, au fond de la galerie : un bijou I-NES-TI-MABLE, selon ses dires. J'étais à deux doigts de l'embrasser pour la remercier de son intervention tonitruante qui m'aurait dans toute autre circonstance profondément agacée. Je n'en fis rien, soudainement décontenancée par la peinture que j'avais sous le nez depuis mon arrivée mais que je ne découvrais que maintenant. L'art abstrait, dans toute son inaccessibilité et son incompréhension, s'offrait à moi. Alors même que je devais me tenir face à un chef-d'œuvre du genre – je faisais pleinement confiance aux spécialistes à ce sujet –, je ne voyais là qu'une confirmation et un approfondissement de mes réflexions sur le nom de l'artiste : la kétamine devait bel et bien être le fil rouge de son travail. Avec plus de recul, et en penchant légèrement la tête vers la gauche, je distinguai les contours d'un rapace... ou d'un paon – ou peut-être les pinceaux avaient-ils désiré mêler les deux formes. Bref, devant mon impuissance à résoudre l'énigme, je tournai les talons en espérant que mon teint avait repris ses couleurs habituelles depuis mon pic de honte.

Je pus scruter la salle à loisir, les témoins de mon entrée théâtrale s'étant totalement désintéressés de moi pour se mettre en quête d'une nouvelle coupe de champagne. La galerie m'apparut bien plus grande sous cet angle, et un nombre conséquent de peintures étaient disséminées çà et là, trois ou quatre, sûrement les plus célèbres, trônant au milieu de l'allée centrale. À quelques pas, je repérai l'homme m'ayant fait faux bond pour se lancer dans une discussion animée avec ma sauveuse. J'étudiai son visage plus précisément, mais ne reconnus aucun des traits de mon amant d'un soir. Dix-huit ans s'étaient écoulés ; or, à part la taille, les yeux bruns et les cheveux châtain clair sûrement teints, je ne remarquai pas le moindre point commun. Il avait en tout cas sérieusement grossi. Sa voix n'avait pas non plus éveillé le moindre souvenir, mais mon état de confusion en était peut-être la cause. J'allais donc attendre qu'il revienne vers moi. L'objectif que je me fixai alors pour m'aider à patienter se révéla bien plus simple que celui d'essayer de décrypter un quelconque tableau abstrait énigmatique : tenter de me rapprocher discrètement du bar improvisé.

Il fallait avouer que parcourir tous ces kilomètres n'avait pas été totalement absurde : le champagne était excellent. Heureusement, mon hôtel ne se situait qu'à 900 mètres de là. En revanche, le footing paraissait sérieusement compromis. Je balayai une nouvelle fois des yeux l'immense pièce pour m'enquérir de l'avancée de mon ancien interlocuteur. Il avait disparu de mon champ de vision. Sentant un regard peser sur moi, je tournai mécaniquement la tête. Ouille ! Autre grand moment de solitude de la soirée, mais malheureusement pas le dernier. Je réalisai d'un coup ma profonde méprise, comme quand, une fois arrivé au boulot ou à la boulangerie, on s'aperçoit que nos chaussures sont dépareillées. L'homme que je surpris à m'examiner en train de siroter tranquillement mon breuvage était sans aucun doute possible, ou si peu, mon rendez-vous de ce soir. Par déduction, celui avec qui j'avais conversé quelques minutes auparavant était un illustre étranger. Cette lucidité me souleva le cœur.

Loin de ne posséder que des vertus, on pouvait tout de même concéder que l'alcool permettait d'admirer des papillons roses là où était nichée une simple ampoule entourée d'un abat-jour vaguement teinté d'orange et noir de crasse. Il m'aida à prendre cette énième mésaventure avec parcimonie : je ne me désintégrai pas sur place, ni n'ajoutai un autre couplet à mon recueil de lamentations. Je préférai pour cette fois me mettre à la recherche de témoins qui confirmeraient mon hypothèse. Ma langue se déliant comme par enchantement selon ce même phénomène que je surnommais « l'effet bulles », je demandai maladroitement à la jeune femme debout à ma droite de me désigner le directeur de la galerie. Sans aucune discrétion, elle pointa un doigt aux ongles dangereusement longs et recouverts d'une pellicule verdâtre en décomposition vers l'individu en ligne de mire. Mes derniers doutes s'envolèrent. Je la remerciai rapidement de peur que son doigt ne finisse par atteindre carrément l'intéressé – du moins eus-je l'impression, sur l'instant, que ce cas de figure était envisageable –, et me détournai subitement. Mon courage naturel reprenait visiblement le dessus.

Mon ex-prétendant se révélait heureusement bien moins lâche ; sous prétexte de devoir assouvir sa soif de boisson non alcoolisée, je le sentis bientôt à mes côtés. Un parfum léger aux accents boisés arriva jusqu'à mes narines. Je fus presque flattée : les ravages du temps ne m'avaient donc pas rendue méconnaissable puisqu'il avait réussi à me repérer. Il entama la discussion de façon tristement banale, évoquant le temps maussade, ma tenue stylée, la réussite de son vernissage qui avait attiré la foule, avant de se risquer sur un terrain plus incertain. Je le rassurai vite : oui, j'étais bien l'expéditrice de la lettre et je le remerciai de son étonnante invitation.

La conversation baissa d'un ton : malgré le brouhaha, nous ne souhaitions aucunement qu'une personne puisse intercepter le moindre mot. Puis elle prit un tour inattendu. J'étais sur le point de dégringoler lamentablement de mon échelle des illusions, pourtant bien plus courte d'année en année. Un désenchantement fracassant. Avec une sincérité désarmante, ou absurde, il crut bon de m'avouer qu'avant de revoir mon visage, il ne se souvenait aucunement de notre brève histoire et pensait même à une erreur de destinataire. La curiosité l'avait poussé à me faire tout de même venir jusqu'à lui. Quelle belle âme, se confesser ainsi ! Je n'eus alors qu'une réaction, instinctive, téméraire et ingénieuse face à ce poignant aveu : je me levai et partis sans prononcer la moindre syllabe supplémentaire. La goutte d'eau avait fait déborder mon vase ; ce vase qui s'était rempli de déconvenues d'heure en heure depuis le début de la matinée. La parole de trop qui m'avait laissée dépitée, vidée de toute repartie. Ainsi prit fin ma journée catastrophe. Subitement. Stupidement. Un brin tragiquement.

IV - 9 mars 2012

Le lendemain de l'inauguration

Quelle mouche l'avait donc piquée ? Les femmes et leur tempérament flamboyant n'avaient décidément pas fini de l'irriter. Il avait renoncé à comprendre leurs éternels changements d'humeur depuis bien des années, et pourtant, curieusement, Pierre n'avait réussi que très difficilement à plonger dans les bras de Morphée cette nuit. Bien qu'elle ne lui ait pas déplu physiquement, excepté quelques rides témoignant de sa maturité et une poignée de kilos excédent-aires, elle lui était apparue hautaine, bornée, voire un peu écervelée. La peinture ne faisait pas partie de son monde, s'était-elle obstinée à lui répéter, mais du moins pouvait-elle montrer un minimum d'intérêt pour ce milieu étranger au lieu de se complaire dans cette méconnaissance. À l'entendre, la littérature semblait être le seul art valable. Son ouverture d'esprit était encore à travailler. Puis elle lui avait expliqué le pourquoi de l'écriture de la lettre : une obscure raison qu'il n'avait pas bien saisie. Soi-disant avait-elle reçu, ces derniers jours, une missive qu'il lui avait adressée 18 ans auparavant... Il avait beau fouiller dans ses souvenirs, il ne se rappelait pas un tel envoi, lui qui n'avait jamais aimé écrire. Mais même si ce scénario paraissait plus que farfelu, il lui laissait le bénéfice du doute. Sa mémoire lui faisait souvent défaut, surtout en matière sentimentale. Preuve en était, il avait dû la recroiser pour s'apercevoir qu'il avait bel et bien caressé ce visage et ce corps dans le temps et pour que lui revienne, très superficielle-ment, le court moment partagé. Donc son histoire rocambolesque de lettre ressuscitée pouvait également se révéler véritable. Enfin, le bouquet final l'avait achevé : le départ en fanfare, digne d'une mauvaise comédie romantique. N'avait-elle pas gagné en maturité durant toutes ces années ? Visiblement, non. Sa franchise s'était heurtée à une susceptibilité excessive : souhaitait-elle réellement qu'il lui serve des boniments ? « Mademoiselle, je vous retrouve comme au premier jour, toujours aussi fraîche, aussi sublime, je n'avais oublié aucun de vos traits, aucune de vos expressions. » Le mensonge, l'eau de rose étaient-ils les ingrédients clés de la paix des ménages ? Et ce, même lorsque la quarantaine était dépassée ? Voilà pourquoi il était redevenu célibataire, et ne s'en portait pas plus mal : l'incompatibilité entre les sexes.

Néanmoins, cette femme l'intriguait, il s'était donc levé relativement tôt pour dénicher l'adresse de l'hôtel dans lequel elle comptait passer la nuit. Si elle était réellement mythomane, l'information fournie pouvait aussi se révéler fausse. Mais à 9 heures du matin, la réceptionniste le rassura : elle était bien descendue dans le *Bed & Breakfast* le plus proche de sa galerie d'art. Lorsque la porte de la chambre s'ouvrit, il fut accueilli par une moue significative. Elle n'avait nullement son pareil lorsqu'il s'agissait de se montrer franchement désagréable. En peignoir, les cheveux en bataille, les yeux encore mi-clos, elle accepta pourtant de les faire entrer, lui et son encombrant carton à dessins.

Car afin de titiller un peu sa mémoire et dans le but de se faire pardonner sa maladresse, il avait eu l'idée de puiser dans ses photos et peintures conservées au fin fond de cartons étiquetés par année. Son obsession du rangement lui avait sauvé une nouvelle fois la mise : il y avait dégoté, au bout d'à peine trois quarts d'heure, le fameux chef-d'œuvre correspondant à l'amourette d'un soir en question, sobrement intitulé : *Rosie*. Le prénom griffonné et les clichés d'une soirée d'anniversaire qui l'accompagnaient écartaient les dernières incertitudes : il s'agissait de la bonne année, et du bon jour. Dès l'école primaire, il avait pris l'habitude de peindre ses émotions d'un instant. Un événement heureux, une conquête, un diplôme, un drame : tout était consigné sur ces feuilles cartonnées, au travers de ces gouaches multi-colores, ces contrastes, reliefs et formes abstraites. Une sorte d'album photo pictural. Par chance, le moment de vie recherché n'avait pas échappé à ses pinceaux.

C'est donc muni de cette œuvre d'art dégradée par de nombreux mois d'abandon – mais encore présentable – qu'il pénétra à l'intérieur de la chambre numéro 18. Un joyeux bazar y régnait en maître, une énigme à ses yeux : comment, en une petite nuit de moins de neuf heures, était-on en mesure de semer une telle zizanie dans une pièce ?

Le mystère ne fut guère résolu, et bien que cette question le tarabiscotât à chaque fois que son regard s'arrêtait sur un paquet de bonbons traînant par terre ou un jean jeté nonchalamment sur le dossier d'une chaise, il se força à se concentrer sur le motif de sa venue. La peinture. *Mais franchement, comment peut-on dévaster une chambre, certainement archi-rangée au départ, en une poignée d'heures ?* Bref, la peinture.

Au vu de la froideur que lui manifestait son hôte, il crut bon d'en venir directement à l'essentiel, après un court monologue obligé dans lequel il s'excusait à demi-mot de l'avoir offensée. Ajoutant, avec toutes les précautions du monde, qu'elle semblait être un brin plus susceptible que la moyenne des êtres humains. Devant son absence de réaction, il lui exposa le tableau en sacrifice tout en songeant fièrement, en redécouvrant celui-ci à la lumière du jour, qu'il possédait déjà à l'époque un incontestable talent qu'il restait juste à apprivoiser. Visiblement, elle ne partageait pas derechef son point de vue, comme en témoignaient ses sourcils relevés et son regard interrogateur semblant articuler : « Et donc, que voulez-vous que je fasse de cette croûte ? » Chassant de son esprit l'intolérable idée que cette illustration n'éveillait nullement ses sens, il se lança aussitôt dans des explications alambiquées sur la genèse de l'œuvre, enchaînant ensuite, sans même reprendre son souffle, sur l'interprétation que l'on pouvait en donner.

Essayait-il vraiment de me démontrer que ces formes géométriques jetées pêle-mêle sur le papier avaient une signification émotionnelle profonde ? Ou étais-je encore plongée dans l'un de ces rêves étranges que fabriquait sans répit mon esprit torturé ? Non, mon imagination n'aurait pas été jusqu'à vagabonder dans des dédales si lointains : Pierre se trouvait bien là au milieu de ma chambre et m'exposait pompeusement, en gonflant légèrement le torse, une analyse artistique de son coloriage. Malgré l'incongruité de la situation, j'écoutais néanmoins attentivement. Après tout, il s'agissait d'un moyen d'expression plutôt séduisant, et moi-même empruntais également des chemins détournés, à l'écrit, afin d'exprimer mon ressenti, me délectant de figures de style et d'allégories, usant à gogo de divers procédés linguistiques ostentatoires. De plus, dans le passé, les représentations picturales avaient largement fait office d'aide-mémoire, particulièrement en matière religieuse, donc pourquoi pas dans le domaine sentimental ? Cette trouble et obscure explication marquant une corrélation entre tristesse, orientation des courbes et bichromie, ou encore tendresse, couleur suave et lignes harmonieuses – du moins avait-il cité ces divers éléments lors de son long discours, mais potentiellement dans un ordre différent –, absorba mon attention quelques minutes. Puis je perdis le fil, captivée par la personnalité de celui que j'avais laissé sèchement en plan la veille au soir et qui remontait aujourd'hui sur le ring affublé de sa peinture sortie de nulle part.

J'étais étonnée de ce débarquement matinal en décalage avec le tempérament qu'il m'avait laissé entrevoir lors du vernissage. En y réfléchissant, il était simplement la preuve que mon interlocuteur ne s'avouait jamais vaincu, aimait gagner l'ensemble de ses combats, plaire, être admiré. Il était sans aucun doute devenu totalement imbu de sa personne, ou l'avait-il toujours été, mais ma mémoire n'avait pas jugé bon de stocker ce détail dérangeant. La veille, il avait insinué une bonne vingtaine de fois que découvrir la signification d'une toile n'était pas à la portée de Monsieur Tout le Monde : seul un infime noyau d'élus était capable de décrypter le sens caché d'un tableau en allant gratter sous la couche superficielle. Pour résumer, il fallait faire partie de l'élite, et malheureusement, j'étais loin d'entrer dans le cercle des artistes bénis. Aujourd'hui, il prenait une voix de baryton pour déballer son savoir, me garantir que le dessin que je contemplais avec un dédain non dissimulé était en réalité un véritable bijou... mais je n'étais bien sûr pas en mesure d'en saisir la puissance créatrice. Au moins, lorsque j'écrivais mes nouvelles, je me souciais de les rendre accessibles à tout un chacun et non uniquement à une poignée de privilégiés.

Enfin arriva la conclusion tant attendue : après avoir analysé le tableau sous toutes les coutures, Pierre en déduisait que notre douce romance passagère avait vraisemblablement représenté un moment exquis à ses yeux. L'essentiel était dit. Je voyais pour la première fois une toile se porter témoin de la défense : oui, sa mémoire lui avait fait défaut avant que mon visage ne la stimule, mais son œuvre était l'écrin le plus parlant de son souvenir. Sans oublier la fameuse lettre enflammée, bien entendu. Mi-agacée, mi-amusée, je jugeais son stratagème audacieux, et ses arguments auraient pu être clairement recevables s'ils avaient été exposés à une adolescente rêveuse en mal de tendresse. À mon grand désespoir, et peut-être à tort, j'avais certainement vingt ans de trop pour croire à son appâtant manifeste.

La fête

L a fête battait son plein. Décevante. Barbante. Pierre n'y voyait là que des couples insipides se déhanchant aux quatre coins de la pièce ou une poignée d'hommes seuls désappointés admirant tristement le spectacle. Mais où était passée cette espèce rarissime que constituaient les célibataires désireuses de ne surtout pas terminer la soirée en solo avec leur verre de tequila, quitte à sauter sur le premier qui leur porterait une attention particulière ? Il avait l'impression qu'au fil des années, elle était de plus en plus menacée d'extinction, remplacée par ces duos indéscotchables plombant l'ambiance à coups de mimiques, de petits mots doux ou, pire, de disputes ridiculement niaises. Se pouvait-il qu'il ait basculé dans la génération des « casés » dont l'objectif n'était plus celui de gagner le jeu du « et glou et glou » du mois, mais de se préparer à pouponner ? Grands Dieux ! Il secoua la tête afin d'aider cette effroyable pensée à décamper. Non, les célibataires devaient certainement participer à l'une de ces soirées à thème à la mode dans le bar du coin. Il s'était juste trompé de point de chute, car même s'il fuyait le plus souvent ces lieux de réunions organisées entre cœurs solitaires s'apparentant à un repaire de marginaux incapables de se débrouiller par eux-mêmes pour dénicher chaussure à leur pied, il était d'humeur dragueuse ce soir. Et pour l'instant, il n'avait guère eu l'occasion de tester ses talents innés de séducteur.

Alors qu'il peaufinait l'excuse qu'il devrait jeter en pâture aux organisateurs de la soirée avant de filer vérifier sa théorie à quelques kilomètres de là, il la remarqua. Seule, à l'écart, songeuse : une proie facile, fragile, idéale. Peut-être n'aurait-il finalement pas besoin de parcourir Nantes de long en large à la rencontre d'âmes torturées. Sa grande expérience et son instinct lui soufflaient que l'un des spécimens recherchés était assis à quelques mètres de lui et, bien évidemment, ne semblait pas insensible à son charme. Elle ne correspondait pas franchement à ses goûts, lui paraissait même un peu trop âgée pour lui, mais au vu du nombre de jours qui le séparaient de sa dernière aventure – au moins une vingtaine si sa mémoire était bonne –, il ne pouvait que conclure qu'elle ferait pleinement l'affaire. Du reste, ses mensurations étant honorables, il se devait de faire l'impasse sur les quelques défauts repérés. Il joua donc à son jeu, ou bien l'inverse, peut-être était-ce lui qui jouait. Il prit quelques clichés au hasard, d'elle, de la salle, sans réellement s'inquiéter de ce qui pouvait passer dans l'objectif, le tout étant de montrer qu'il s'y connaissait plus que quiconque en matière photographique. Le défi n'était pas bien difficile dans la mesure où il exerçait depuis peu le métier de photographe de mode à Lyon, en espérant revenir un jour à ses premières amours, le dessin et la peinture, et s'établir de nouveau en Vendée, sa région natale. Les courbes féminines constituaient donc, en quelque sorte, son gagne-pain. Ainsi, mettre en exergue une silhouette filigrane, de discrètes rondeurs ou une attrayante singularité n'avait rien de compliqué à ses yeux. Pour autant, il préférait les pinceaux ou le fusain à la froideur d'un appareil photo. Bien que le cliché soit davantage susceptible de transcrire une réalité quasi parfaite, la peinture ne trichait pas : aucun logiciel n'était en mesure de la dénaturer. En cela résidait tout le paradoxe. La subjectivité du point de vue avait beau la rendre logiquement irréaliste, le fait qu'elle ne soit pas seulement une copie trafiquée d'un modèle mais un miroir de ressenti la rendait plus vraie que nature dans l'esprit de Pierre.

Or pour l'heure, son appareil photo n'était que prétexte et intermédiaire entre lui et son potentiel rendez-vous nocturne. Il lui donnait également une contenance supplémentaire. Loin de son studio lyonnais, il n'était plus sur son territoire, dans son élément, mais les regards jetés à son encontre le poussaient à croire que l'affaire était dans la poche. Et il avait raison. Le rapprochement fut rapide, il n'avait pas envie de tourner des heures autour du pot alors même qu'il sentait que le piège s'était déjà refermé et que sa prisonnière ne souhaitait aucunement lutter. Pourquoi donc user ses forces dans un combat gagné d'avance ? Après avoir parlé de tout et n'importe quoi, ils s'échappèrent discrètement, dès la fin du premier slow dansé ensemble, pour rejoindre l'appartement occupé par Pierre durant ses vacances à Nantes.

Le restaurant

Avait-il finalement réussi à me berner avec sa piètre peinture à l'eau de rose qu'il était venu m'agiter sous le nez ? La réponse coulait de source, puisque j'étais en train de dîner en sa compagnie.

Je me retrouvais dans ce restaurant luxueux, face à lui et à mes huit couverts – dont au moins six en trop –, alors que mon premier jugement à son encontre avait été aussi détestable qu'implacable : il était d'une épouvantable prétention.

Nos premiers échanges furent empreints d'une certaine gêne, voire d'une légère timidité. À son arrivée, il m'avait curieusement tendu un petit bouquet de chrysanthèmes : s'était-il mis dans l'esprit de creuser ma tombe ? Étrange, ce geste ne collant que très peu à l'image de lui que je m'étais forgée ces derniers jours. Je trouvais néanmoins l'attention charmante, bien qu'un tantinet ringarde. Après tout, cette fleur symbolisait également l'éternité... ou la noblesse, au pays du Soleil levant.

Ce fut malheureusement la dernière pensée relativement positive que j'eus à son encontre lors de cette étonnante soirée. Un détail aurait pourtant dû m'alerter : lorsque le serveur se présenta, il prit de la viande, alors que j'optais pour des crustacés. La messe était dite : ce choix culinaire allait se révélait être à l'image de nos conversations, nos pensées, nos goûts. Antinomiques. Aussi à l'aise assise à cette table si impeccablement dressée qu'un écureuil dans une piscine, le dîner devint peu à peu une véritable épreuve contre l'agacement. Ses mimiques, son assurance, tout en lui m'horripilait. Bien plus encore que le serveur à l'affût du moindre verre à moitié vide. Et visiblement, la réciproque était également valable, puisque mes opinions, à peine prononcées, se retrouvaient immédiatement lynchées, écartelées, éviscérées au beau milieu du restaurant. Pourquoi diable nous répète-t-on inlassablement de nous méfier des apparences, alors que nos premières impressions sont si souvent les bonnes ?

Bref, j'avais remis une nouvelle fois les pieds dans le plat et j'en payais atrocement les conséquences. J'occupais les minutes, alors que Pierre discourait sur l'orage, la canicule ou *la-bruine-qui-ne-peut-être-réellement-considérée-comme-une-intempérie-mais-juste-un-état-temporaire*, à essayer de comprendre ce qui avait bien pu m'attirer en lui quelques années auparavant. Peut-être était-il alors moins bavard, et je n'avais donc pas eu le loisir de cerner, en une poignée d'heures, son exécrable personnalité ? Et pourquoi avait-il insisté pour que nous prolongions cet effroyable duel ? Souffrait-il, malgré l'essaim d'abeilles voletant autour de lui, d'une pesante solitude ? Je pouvais évidemment me retourner le compliment. Ne désirait-on pas simplement arriver à nous entendre juste ce qu'il fallait pour pouvoir passer du bon temps ensemble, l'histoire d'un soir, comme à la bonne époque ? C'était loin d'être fait, car si mes pensées s'évadaient à cet instant jusqu'à mon lit, j'espérais bien rejoindre le pays des rêves en solitaire.

Pourtant, alors que je contemplais d'un œil hagard la poêle difforme et fluorescente accrochée au mur qui tenait lieu d'horloge, *un-chef-d'oeuvre-demandant-300-heures-de-travail-acharné,*
aux dires de mon interlocuteur, le repas prit un tour parfaitement inattendu. À l'heure du dessert, un homme d'âge mûr s'arrêta à notre hauteur et salua Pierre, qui l'invita à se joindre à nous. Passé

l'étonnement, mes sens en éveil, j'écoutai le nouvel arrivant se présenter. Il se nommait Martin Lorin et travaillait non loin de la galerie d'art récemment inaugurée. Je devais m'apercevoir bien trop rapidement qu'ils avaient au moins un autre point commun, avec Pierre : celui de concourir pour le prix du plus grand nombre de syllabes prononcées à la minute. Tandis qu'il déblatérait sur ses déboires avec sa femme, je le dévisageai. Il avait l'allure d'un de ces savants fous de dessins animés : cheveux grisonnants ébouriffés sur les tempes, rasage approximatif, minuscules lunettes au bout du nez, dos légèrement cambré. Je l'imaginais penché sur une série de tubes à essai contenant du liquide phosphorescent, un sourire narquois au coin des lèvres. Il sembla se rendre soudainement compte de mon existence et s'adressa directement à moi :

— Pierre m'a un peu parlé de vous, Rosie.

Allait-il me donner rendez-vous dans un de ces lugubres cabinets de psychanalystes en m'expliquant que mon cas atypique l'intéressait ? Malheureusement, je n'étais pas si loin de la vérité.

— Je vous explique, je suis docteur.

Aïe.

— Onirothérapeute, pour être plus précis. Connaissez-vous ce métier ?

Je l'observai, perplexe. Venait-il d'inventer ce terme tordu ou, dans le cas contraire, croyait-il vraiment que j'avais la moindre idée de ce qu'il signifiait ?

— Je lis dans vos yeux que la réponse est négative. Peut-être pourriez-vous arriver à deviner en quoi il peut consister, en analysant les composantes du mot ?

Eh bien voilà qu'à présent, nous allions jouer aux devinettes. C'était un bon moyen de clore en beauté cette soirée mémorable. Le thérapeute ôtait sa blouse pour se métamorphoser en professeur de langues mortes.

— Avec la racine du mot... non ? En grec, *oneiros* ?

Sans le vin, je n'aurais jamais répondu « honneur ». Mais sans le vin. Le mot étant lancé, l'un de ces mots que l'on aimerait rattraper au vol avant qu'il n'écorche les oreilles des autres interlocuteurs. Je dus faire pitié au professeur, car il me secourut hâtivement, craignant certainement qu'une autre absurdité ne franchisse mes lèvres.

— Non, je vous aide, je vois que je vous pose une colle. *Oneiros* signifie « songe ». L'onirothérapie est, pour simplifier l'explication, une thérapie axée sur les rêves éveillés.

Oui, il avait cru bon de simplifier les choses devant mon manque évident de culture générale. L'onirisme, bien sûr. Ça semblait évident une fois la réponse énoncée. Un peu moins avant.

Le silence gênant n'eut pas le loisir de s'installer, l'homme étant décidément bien trop pipelette pour que l'on ait la moindre chance d'entendre le bruissement des ailes d'un papillon en sa compagnie.

— Voyez-vous, il y a peu de temps, j'ai eu l'occasion d'assister à un procès captivant et riche d'enseignements durant lequel l'un de mes confrères a d'ailleurs été cité à comparaître comme témoin. Il portait sur les faux souvenirs induits, peut-être en avez-vous entendu quelques échos ?

Je lui répondis par une moue dubitative, impatiente de savoir où il voulait en venir.

— Nous en avons discuté avec Pierre, mardi dernier, je crois. Ce cas a fait grand bruit dans le monde des psychothérapeutes, un coup de pied donné dans la ruche, et le verdict peut presque s'apparenter à une mini-révolution en France. Deux thérapeutes, ou plutôt des humanothérapeutes, comme ils se faisaient appeler – un terme difficilement saisissable –, étaient jugés pour abus de faiblesse. Ils étaient suspectés d'avoir suggéré à leurs patients des souvenirs factices auxquels ces derniers ont fini par croire, et ce durant des séances tarifées à des prix dépassant l'entendement.

Alors que les yeux de l'*oni* (le mot m'échappait une nouvelle fois) brillaient de plus en plus de malice, j'essayais de digérer les mots engloutis, en plus des aliments qui avaient soudainement un goût de poison et restaient comme bloqués dans mon œsophage. Essayait-il de me perdre dans les méandres de son esprit ? Les miettes de pain étaient mangées, et je n'avais pas pris la peine de semer des petits cailloux blancs, donc Martin le Savant devait retourner me chercher, ou me lancer un quelconque fil d'Ariane auquel me raccrocher. Ce fut Pierre qui vint à mon aide cette fois, sentant qu'une pause s'imposait.

— Tout ceci nous paraît un peu nébuleux à nous qui ne sommes pas du métier. Tu m'avais expliqué, en gros, que ces humanotérapeutes arrivaient à persuader leurs patients que leur mal-être provenait d'événements désastreux que les thérapeutes eux-mêmes leur avaient suggérés. Mais qui n'avaient en fait jamais eu lieu. En gros, ils leur implantaient de faux souvenirs dans la mémoire.

Le professeur sembla satisfait de ce résumé.

— Oui, c'est à peu près ça. De multiples études ont démontré que par le biais d'images, de messages percutants et répétitifs, des faux souvenirs peuvent se créer. Vous ne vous êtes par exemple jamais rendu en Islande, mais vous vous rappelez pourtant que le bain pris dans le Blue Lagoon est une expérience inoubliable. J'use bien sûr de raccourcis, mais c'est ainsi que l'on peut imager les choses. Le mécanisme de la mémoire est bien complexe, donc il me serait impossible d'expliquer en deux mots de quelle manière ce phénomène est physiologiquement possible. Retenez juste que les souvenirs considérés comme réels sont consignés dans la substance blanche du cerveau reliant l'hippocampe et le parahippocampe, tandis que les faux souvenirs sont localisés dans la substance blanche reliant les structures frontales pariétales. Deux tiroirs dans lesquels on peut puiser lorsque l'on essaie de se remémorer une situation. Diverses expériences ont dévoilé qu'il était extrêmement simple de fabriquer de faux souvenirs chez un cobaye animal, humain ou un patient. Et pas seulement par la suggestion, comme dans mon précédent exemple, mais également par l'imagination, ou en s'appropriant inconsciemment les souvenirs des autres.

— Et donc, criai-je, voulant être sûre de pouvoir tirer profit de ce quart de blanc dans l'exposé, qu'est-il advenu des deux imposteurs ?

— Peines de prison avec sursis doublées d'une forte amende. Manipuler la mémoire peut se révéler fortement dangereux pour la victime, voire irréparable. L'une des deux personnes qui ont déposé plainte a cru avoir subi un abus sexuel totalement inventé, et ça n'est pas un cas isolé. Ce procès m'a fasciné, et il fait jurisprudence. Au-delà de prouver que nos souvenirs sont forcément malléables, qu'ils peuvent se transformer à chaque fois que l'on essaie de faire appel à eux, il a été démontré que la mémoire est capable d'en créer de nouveaux, et d'en persuader l'individu. Ça a quelque chose de dérangeant, et d'excitant à la fois.

Pour ma part, je saisissais davantage le côté dérangeant. Comment ce phénomène était-il possible ? Je m'aventurai à l'interroger une nouvelle fois sur son histoire abracadabrante :

— Mais tout de même, ne faut-il pas un terrain propice pour que les faux souvenirs s'implantent ? Une maladie, un problème psychologique ?

Martin Lorin leva les yeux et observa fixement le lustre qui nous surplombait, bien trop exubérant à mon goût avec sa dorure omniprésente et ses ampoules imitant grossièrement les flammes d'une bougie. J'eus l'impression qu'il éprouvait des difficultés à trouver les bons termes, ou qu'il s'appliquait à ne pas être maladroit.

— Je parlerais plutôt de fragilité psychologique dans ce cas-là, mais mon avis est que tout cerveau peut être l'objet d'une telle manipulation. Le mien comme le vôtre. Votre mémoire peut parfois vous faire défaut, vous surprendre ou vous épater... Eh bien, elle peut aussi vous jouer des tours, vous trahir, se montrer bien plus imaginative et autonome que vous ne l'en croyez capable.

Cette discussion laissait visiblement Pierre songeur. D'ordinaire si expansif, je me demandais ce qu'il pouvait bien ruminer. Peut-être supportait-il mal qu'on lui vole ainsi la vedette ? Ou se disait-il que de l'eau coulerait sous les ponts avant que l'on puisse jouer avec ses souvenirs ? Pour ma part, le thérapeute avait réussi à capter mon attention. Ce phénomène me dépassait autant que le comport-ement de ces adeptes sous l'emprise d'un gourou qui arrivait à interférer dans leurs pensées, leurs passions, leurs styles de vie. L'être humain était-il donc aussi façonnable qu'une pâte à modeler lorsqu'il s'agissait de remplir un vide, de trouver un sens à l'existence, de lutter contre un mal-être ? L'énième venue du serveur me ramena dans le restaurant. Et hormis ce dessert aux allures de boîte de conserve trempée dans du pétrole et décorée façon *peace and love,* un autre détail me turlupinait.

— Vous m'avez dit être...

— Onirothérapeute.

— Voilà. Donc, en quelque sorte, vous n'êtes pas directement concerné par ce procès, je veux dire professionnellement ?

Un sourire crispé aux coins des lèvres, il m'examina un instant.

— Je sentais cette question arriver. Je vous répondrai *oui* et *non.* Comme je vous l'ai dit auparavant, le pouvoir de suggestion n'est pas le seul à avoir la capacité d'interférer dans la mémoire. Il y a également l'imagination, qui est d'une extrême complexité.

— Vous voulez dire, rétorquai-je, que l'expression « prendre ses rêves pour la réalité » peut parfois être appréhendée au sens propre ?

Le professeur laissa résonner un bref rire aux accents hystériques dans l'établissement, en inadéquation totale avec le ton posé qu'il avait utilisé jusqu'alors. Il retrouva tout aussi vite son intonation habituelle. Mister Hyde s'était permis une succincte apparition.

— Disons que l'imagination peut modifier nos souvenirs, les malaxer comme de la pâte à pain, ou les emballer dans un beau papier cadeau.

— Il vous est donc possible de faire croire à vos patients que des événements imaginés ont réellement existé ?

— Vous empruntez là d'immenses raccourcis épineux en prenant le risque de labourer affreusement la réalité !

Bon, les figures de style n'étaient de toute évidence pas sa tasse de thé. J'allais atténuer légèrement mes propos lorsque Pierre choisit d'intervenir, ou plutôt de sottement prendre la parole, labourant en quelques syllabes les sillages patiemment tracés de notre conversation – pour parler comme mon interlocuteur.

— Peut-on rapprocher ça du débat sur la dissociation problématique des mondes virtuels et réels ?

À côté de la plaque. Comme d'habitude, il venait de plomber une discussion hautement intéressante en remettant sur le tapis une rengaine vieille comme le monde. Je soupirai. Quel imbécile ! Le docteur lui adressa une réponse succincte que j'écoutai à peine, la rage handicapant mes sens. Puis il jeta immanquablement un œil à sa montre.

— Il se fait tard, je dois prendre congé.

— Attendez !

Constatant que les clients des tables voisines s'étaient retournés en chœur et que je ne pouvais vraisemblablement pas croire qu'ils s'étaient concertés, j'en conclus que mon diaphragme, pris par surprise, n'avait pas réussi à contrôler la puissance sonore de ma tirade. Je me forçai donc à poursuivre plus placidement.

— À votre arrivée, vous m'avez dit que Pierre vous avait parlé de moi. À quel sujet ?

— Oh... Je voudrais juste vous persuader de participer tous deux à une petite expérience. Je ne peux pas vous en révéler la finalité, mais je vous en dirai plus dans quelques jours. Pierre n'en sait pas plus, inutile d'essayer de lui tirer les vers du nez. Bonsoir.

Je l'observai franchir les immenses portes du restaurant en forme de barbacane, puis laissai traîner mon regard, ne pouvant m'imaginer que son départ était définitif, qu'il pouvait me laisser plantée là après m'avoir mis l'eau à la bouche, comme un chat à qui l'on aurait fait frire des sardines à côté de sa gamelle pour aller ensuite les manger dans la pièce voisine. Mes yeux décidèrent de clouer Pierre au pilori. Bien sûr qu'il en savait plus. Mais bien entendu, il ne m'expliquerait rien, puisqu'il en avait reçu l'ordre. Un ordre, en toute honnêteté, grossièrement déguisé. Pouvait-il descendre encore davantage dans mon estime, la porte des Enfers étant déjà franchie depuis belle lurette ? Je ne pris pas le risque de le voir partir aux urgences avec une fourchette en argent massif plantée dans la main. Je me levai avec détermination, trébuchai sur mon sac dès le premier pas, puis fis une sortie remarquée et bruyante en marchant malencontreusement sur la patte d'un labrador allongé dans l'allée. Pierre pouvait au moins se vanter de m'avoir permis d'atteindre un degré de maladresse difficilement égalable.

VII - 30 avril 1994

Une semaine après la fête

a nuit avait été assez satisfaisante pour que Pierre ne doute pas un seul instant que sa partenaire le recontacterait rapidement. L'idée d'avoir un pied-à-terre au parfum féminin en Vendée le réjouissait : il saurait dorénavant comment occuper son temps libre lors de ses séjours dans le giron familial. Il fallait donc prendre grand soin de ce cadeau du destin. Néanmoins, c'est avec surprise qu'il constata qu'une semaine avait passé et que son téléphone restait muet. Aucun message n'avait échoué dans sa boîte mail. Avait-il été présomptueux en supposant qu'elle avait adoré ces heures passées à ses côtés ? Ou faisait-elle partie de ce type de filles agaçantes mettant un point d'honneur à ne jamais rappeler elles-mêmes leurs amants ? Il ressortit la peinture conçue le lendemain de la nuit en question, classée parmi la palette de portraits de ses conquêtes. Certains possédaient des cahiers – quelle honte ! – dans lesquels étaient référencés les noms de leurs maîtresses, accompagnés, dans les cas les plus terribles, d'une notation. Lui préférait la peinture sur toile. Il y passait plus ou moins de temps en fonction de la qualité de sa liaison, mais toutes ses partenaires, ou presque, avaient au moins le droit à cet égard. Face au tableau de Rosie, il fut forcé de reconnaître qu'il l'avait honteusement bâclé. Mais son excuse était toute trouvée : outre le fait que le taux d'alcool que contenait encore son sang à son réveil faussait les perspectives, il avait également été dérangé par une poignée d'amis ayant fait irruption dans l'appartement sans crier gare. Son travail avait donc subi les dommages de cette intrusion, puisqu'il avait dû accélérer la cadence de son pinceau et expédier sa toile, bien malgré lui.

Il se sentit donc dans l'obligation d'opérer les quelques retouches nécessaires qui rendraient au moins la peinture potable. Le tableau avait encore davantage gagné en abstraction. Le figuratif bridait, selon ses dires, l'imagination, la « liberté d'expression picturale ». Il désirait peindre l'émotion en elle-même, et non sa source. Voilà comment il présentait ses ouvrages à son – très restreint – public, composé essentiellement d'amis dont les répliques cinglantes ne le blessaient pas le moins du monde : « En même temps, j'vois pas comment tu aurais pu dessiner ses traits sans l'avoir aperçue à la lumière du jour » ; « En résumé, ton art abstrait est en quelque sorte un dépotoir à sentiments ? » Il ferait donc partie de ces artistes incompris, mais ça ne le gênait pas, il avait pleinement conscience de son don. Une fois fier de son bricolage de fortune, il s'autorisa un saut chez le voisin du quatrième étage. Arthur faisait office de confident lorsque Pierre cherchait des recettes romantiques secrètes faciles à concocter, mais bardées de tant d'artifices que la destinataire, éblouie, n'y voyait que du feu. Son côté musicien-écrivain à la sensibilité exacerbée l'ennuyait profondément les trois quarts de l'année, mais il s'était déjà révélé être de bon conseil – sentiment-alement parlant. Car si Pierre maîtrisait à la perfection la drague d'avant galipettes, les dialogues de l'après lui paraissaient bien nébuleux. Inutiles dans bien des cas, il ne voyait d'ailleurs aucune raison d'essayer d'en percer les mystères. Mais s'agissant de la jeune étudiante châtain clair plutôt banale mais aux courbes élogieuses – son prénom commençait par la lettre R, ça il en était persuadé –, il ne voulait pas s'avouer vaincu. Elle ne pouvait pas prendre cette aventure à la légère.

Ça n'était pas possible. Certainement avait-elle maladroitement laissé tomber dans une flaque d'eau le bout de papier sur lequel son numéro était inscrit, emportant par la même occasion dans d'obscures ténèbres son adresse e-mail. Arthur opina du bonnet face à cette affirmation. L'espèce humaine avait aussi son lot de paons multicolores. Il était d'avis que Pierre en était une preuve irréfutable lorsqu'il se pavanait ainsi, sans vergogne ni modération. Or cette fois, le musicien fut un peu surpris de constater que son voisin faisait appel à son savoir en la matière alors même que l'objet du désir était consommé... Mais son orgueil se devait d'être constamment flatté.

— Bon, tu n'as pas son adresse e-mail, juste son adresse postale.

— Oui, elle me l'a notée puisque je lui ai dit que j'allais souvent en vacances là-bas...

— Eh bien, écris-lui une lettre, les femmes aiment beaucoup ce genre de choses.

— Une lettre ? Attends, mais tu rigoles ? Moi, je ne sais que peindre avec mes doigts, Monsieur, pas remuer du stylo plume ! Surtout pour griffonner des phrases ridicules ! Ce serait gâcher du papier.

— C'était juste une idée.

— Mais tu m'as regardé ? J'ai l'air d'un poète ? Tu m'imagines vraiment sortir des vers à la Baudelaire remplis de trémolos et de rosée du matin juste pour épater une aventure d'un soir ? Attends, laisse-moi réfléchir... *Les sanglots longs des violons de mon âme...*

— De l'automne. Puis c'est Verlaine. Et pas la peine de me mimer le désespoir, on dirait un paon à l'agonie.

Pierre pouffa, puis fixa Arthur d'un air amusé.

— Je crois avoir la solution.

— Tu vas sortir lui trouver une remplaçante ?

— Oui, aussi. Mais avant, je vais aller chercher l'adresse et le nom, téléphoner aux renseignements pour obtenir son téléphone et si je rentre bredouille... je te confie mon avenir sentimental.

— Quoi ?

— Oui, tu sais écrire mieux que quiconque ce genre de trucs mielleux, non ? Puis pour toi, ce sera un entraînement ! En plus, je t'assure que tu la connais aussi bien que moi, même en ne l'ayant jamais croisée. Peut-être même mieux d'ailleurs, car tu as une meilleure compréhension de l'espèce en général. En échange, je te filerai une bouteille. Allez, c'est réglé. Merci pour tout, et à charge de revanche.

Médusé, Arthur le regarda s'éloigner sur ces mots un brin misogynes.

Un peu plus et il me faisait la roue, il m'a au moins épargné ça.

VIII – 18 mars 2012

Le lendemain du restaurant

Mais combien de fois allait-elle lui refaire le coup de la femme piquée au vif ? Pierre trouvait ce comportement lassant à la longue, lui qui déployait tant d'efforts pour ne pas la voir détaler comme un lapin à la moindre parole un chouia maladroite. Il fallait se balader avec une balance, peser ses mots au centième de gramme près si on ne voulait pas s'attirer ses foudres ou être abandonné comme une vieille sandale à moitié dévorée par les mites. Épuisant. Pourquoi la moutarde lui était-elle montée au nez cette fois ? Le cuisinier en avait-il glissé par mégarde dans le dessert chocolaté ? Certainement se croyait-elle tout bonnement persécutée, s'imaginant qu'un complot s'était tramé ou que Martin Lorin l'avait mis dans la confidence au sujet de sa petite expérience. Mais il n'en était rien. Le docteur était célèbre pour avoir constamment les poches pleines à craquer d'idées saugrenues ou de projets fous qui ne verraient jamais le jour, et qu'il ne dévoilait que très rarement. Par miettes. Des ébauches de théorie souvent incompréhensibles. Ou rocambolesques. Son entourage ne l'écoutait plus que d'une oreille compatissante, estimant que ses hypothèses resteraient en l'état jusqu'à ce qu'il les abandonne, comme les autres auparavant. Les rêves, la mémoire, le cerveau humain dans son ensemble le captivaient tant que s'il se levait le matin, respirait, allait travailler, c'était pour tenter d'en percer un jour les secrets de fabrication, au grand désespoir de son épouse qui ne passait plus qu'au vingtième plan.

Quelques jours après l'inauguration de la galerie de peintures, Pierre avait croisé Martin devant le musée d'art contemporain lyonnais, quai Charles de Gaulle. De fil en aiguille, ils en étaient venus à commenter cette soirée. Le docteur y était passé pour admirer les toiles et rencontrer du beau monde. La conversation avait bifurqué sur l'inconnue Rosie que l'on avait repérée, malgré les efforts qu'elle avait déployés pour rester invisible. Pierre, alors enclin à la confession, s'était laissé aller à lui confier leur surprenante aventure : la courte nuit, la lettre retrouvée, son incapacité à se souvenir, leurs tragiques retrouvailles, l'épisode de la peinture et de ses excuses ratées, leurs difficultés à communiquer ou à se trouver des terrains d'entente... Martin Lorin avait bu ses paroles comme du petit-lait, puis ses yeux s'étaient peu à peu illuminés comme une ampoule basse consommation tardant à monter en puissance. L'anecdote avait certainement revigoré le docteur pour une semaine, au vu de son teint soudain nettement moins blafard. La courbe d'excitation avait atteint son paroxysme au moment où Pierre avait mentionné leur incapacité à communiquer comme des gens normaux, leurs dialogues n'étant que joutes, leurs mots des coups d'épée dans l'eau touchant aussi quelquefois superficiellement leur cible. Il lui avait avoué qu'il ne parvenait pas à comprendre pourquoi cette histoire troublait son sommeil, lui qui n'avait jamais voulu s'empêtrer dans toute cette glu romantique, qui avait fui sa vie durant ce qui ressemblait de près ou de loin à des états d'âme.

Martin l'avait alors poussé à ne pas prendre une énième fois ses jambes à son cou, ce qui avait été sa réponse à la plus petite des embrouilles : et si aujourd'hui, dans ce cas précis, il tentait de persévérer ? Juste pour voir. Et pour être innovant. Il n'était nullement question de débuter une quelconque relation amoureuse, celle-ci ayant déjà un pied et demi dans la tombe, mais d'apprendre à considérer autrui, à aller au-delà des apparences, essayer de lire entre les lignes pour approcher un tant soit peu l'individu nu. Pierre avait écouté, sceptique, ses divagations, puis avait accepté de recontacter Rosie. Non par conviction, mais pour se débarrasser du docteur qui devenait bien trop philosophe à son goût. Oui, il l'emmènerait au restaurant, puis il la lui présenterait au moment du dessert. Oui, un véritable restaurant et non un fast-food, ça tombait sous le sens. Ils avaient convenu d'un signe bien particulier au cas où Pierre ne voudrait pas être dérangé dans son tête-à-tête. Un signe qu'il ne fit bien entendu jamais, étant donné la tournure qu'avait prise le repas. Sur le point de poursuivre leur chemin dans des directions opposées, Pierre avait tout de même questionné

Martin sur l'intérêt qu'il portait à cette histoire, et également à Rosie, qu'il désirait rencontrer.

— Je n'en suis pas sûr, mais je pense que vous serez des sujets très intéressants pour mon expérience.

Puis il avait franchi les portes du musée sans plus d'explications.

Aujourd'hui, Pierre fulminait. La soirée au restaurant avait viré au cauchemar. Une soirée qui avait déjà très mal commencé, puisqu'il avait été contraint de dérouler un quasi-monologue, Rosie n'ayant visiblement aucune conversation. Avait suivi ce débat profondément ennuyeux sur les mystères de la mémoire dont il se foutait comme de sa première chemise. Et pour couronner le tout, il avait dû terminer son repas seul. Honteusement. En étant la risée de l'ensemble des clients, des serveurs, des cuisiniers également, ça il en été persuadé. Et il n'avait pas même eu la consolation de la voir s'étaler sur ce satané chien lorsqu'elle avait galopé vers la sortie. Cette femme le rendait fou de rage. Il n'arrivait pas à décolérer, on ne l'avait jamais traité de la sorte. Elle s'était une nouvelle fois coltinée 700 kilomètres pour le planter là sans aucun remords. Au diable cette minable expérience née dans le cerveau torturé de ce génie de pacotille. Il la tuait dans l'œuf avec satisfaction. De ses propres mains. Le docteur avait néanmoins raison sur une chose : pour Rosie, une thérapie s'imposait. Il la lui aurait volontiers offerte, d'ailleurs, mais il y avait plus urgent : jeter son numéro aux oubliettes. Les eaux profondes du Rhône feraient l'affaire... Bon, ce serait davantage la touche « Supprimer » de son portable, ce qui était nettement moins symbolique. Maudite lettre qu'il ne se rappelait même pas avoir écrite. Avait-elle réellement existé ?

2 semaines après la fête

Tiens, Pierre, alors tu as réussi à le dénicher, finalement, le numéro de ta naïade évaporée ?

Le jeune homme toisa son ami d'un air béat.

— Salut Arthur. Qui ça ?

— La fille dont tu es venu me parler l'autre jour.

Pierre prit le temps de la réflexion, visiblement embarrassé ou partiellement amnésique. Sa réponse fut des plus laconiques.

— Ah oui, elle... mais bien sûr. Non, elle devait être sur liste rouge.

— Je t'ai préparé une ébauche de lettre si tu en as besoin.

— Ah merci, qu'est-ce que je ferais sans toi ! Je passerai la chercher en redescendant. Là, je vais manger chez Olivia, la fille du cinquième étage. Une vraie bombe ! Le temps de la recopier et zou, mademoiselle aura la missive dans sa boîte aux lettres d'ici quelques jours !

— Attends, mais tu ne veux pas y apporter ta patte perso ?

— Non, je te fais confiance à deux cents pour cent. Puis j'aurai sûrement mieux à faire.

Arthur n'eut pas le loisir de placer un dernier commentaire. Il écouta l'écho des pas de son ami aller *decrescendo* dans la cage d'escalier, jusqu'à laisser place au seul vrombissement d'une mouche qui se cognait avec persévérance contre la vitre fêlée de l'immeuble. Puis des voix étouffées, des ricanements, une porte qui claque, et de nouveau la mouche entêtée. Pourquoi donc gaspiller autant d'énergie pour des clous ? Arthur choisit de sortir prendre l'air.

X - 21 avril 2014

20 ans après la fête, 2 ans après le restaurant

La réunion entre scientifiques

Il était possédé par son récit, ça allait de soi. Son histoire d'hologramme dans le cosmos.... C'était à la fois effrayant et sensationnel. Avais-je réellement tout saisi ? En y songeant, cela m'évoquait vaguement un documentaire sur le sujet que j'avais écouté d'une oreille inattentive, plongée dans un livre d'un auteur argentin narrant les mésaventures d'une domestique mexicaine qui travaillait pour une famille nord-américaine. Je me souvenais davantage de l'ouvrage, mais quelques paroles du reportage astronomique avaient capté mon attention. À présent, l'astronome était face à moi, et racontait passionnément les raisons qui le poussaient à croire que notre galaxie n'était qu'hologramme. Cette discussion me confirmait que les scientifiques n'avaient pas leur pareil lorsqu'il s'agissait de nous montrer à quel point nous étions ridicules à l'échelle de l'univers. Finalement, je les avais rarement côtoyés durant mon existence, non par indifférence, mais car mes centres d'intérêt, puis ma profession m'avaient amenée à croiser davantage de professeurs de littérature, d'éditeurs, d'écrivains ou de journalistes que de mathématiciens, de physiciens, d'écologistes ou de docteurs. Cette réunion festive à laquelle m'avait gentiment conviée Martin Lorin m'apparaissait donc comme potentiellement enrichissante. Intégrer durant quelques heures une sphère étrangère, comme mettre le pied en territoire inconnu, arrachait l'imagination à son ronron quotidien, l'obligeait à se gorger de visions, de paroles, d'informations ou de sons auxquels elle n'avait pas accès en temps normal. Il fallait ensuite les exploiter avec délicatesse, le plus complexe étant d'arriver à ordonner tous ces nouveaux paramètres pour les transformer en souffle créatif. Selon moi, un scientifique ne constituait nullement un intrus parmi les littéraires, mais un joyau. Et l'inverse était également vrai.

Je m'aperçus que Martin m'avait rejointe d'un pas rapide. Il était aussi surexcité qu'un bambin devant ses jouets de Noël. Je le regardai serrer vigoureusement la main de mon astronome, avant de m'adresser une bise appuyée. Je lui rendis son sourire, à la fois triste et heureuse de le retrouver. J'avais fini par m'attacher sérieusement à cet énergumène. Nous avions appris à nous connaître davantage durant ces deux dernières années, notamment lors de nos nombreuses entrevues à son cabinet. Et sa passion pour les rêves, les mécanismes de l'imagination, les énigmes de la mémoire avait presque fini par me contaminer. Mon écriture s'en ressentait grandement, témoignant de l'influence que le professeur avait eue sur mes réflexions, ma vision du monde ou plus précisément de l'être. La plume est une pâte à modeler que l'on malaxe au gré des rencontres et de nos émotions. C'est en cela qu'elle est unique, miroir d'une âme qui ne cesse d'être impactée par les éléments extérieurs. La substance d'une œuvre, un crépuscule rosé, l'inspiration d'un réalisateur, la brillance d'une météorite, le brame d'une biche, une larme qui perle, la blessure d'un loup, l'odeur d'un savon orange-chocolat, la teinte turquoise d'un lagon, le velouté d'un baiser, la saveur d'une groseille fraîchement cueillie, l'utopie d'un discours, les accents d'une mélodie. Le moindre détail a un retentissement sur elle. C'est pourquoi l'écrivain éprouve cette impression d'être livré, nu, à son lecteur. Plus qu'un dépouillement, c'est une véritable dissection.

La cité lyonnaise et ses quais de Saône avaient également de moins en moins de secrets pour moi au fil du temps. Je ne me lassais pas d'observer les fabuleuses fresques géantes agrémentant le paysage rural, à l'image du Mur des Écrivains ou de celui des Canuts. Je m'étais réjouie de m'être laissée tenter par la fameuse promenade printanière de senteur baptisée la balade des Magnolias, qui m'avait fait notamment découvrir le célèbre parc de la Tête-d'Or.

Martin était lui aussi venu humer bien des fois l'air humide de ma région. Les orteils plantés dans le sable, la tête dans les cumulus, il laissait courir le fil de ses pensées alambiquées durant des heures, jusqu'à ce que je finisse par le secouer pour le ramener à la civilisation. Mais dernièrement, lors d'une conversation téléphonique, il m'avait avoué que son obsession l'avait plongé dans un sacré pétrin. Il avait selon lui commis un horrible forfait qui avait eu des conséquences désastreuses sur la vie d'une famille. Il s'en était tenu à cette confidence succincte, énigmatique et atrocement aguichante, pour discourir ensuite sur des futilités durant de longues et pénibles semaines. Avant de ne répondre que très épisodiquement à mes appels. Je l'avais senti préoccupé, mélancolique. Rien à voir avec l'attitude qu'il montrait en ce moment. Jovial, il bavardait à droite, à gauche, à la merci des mouvements de la foule, changeant de conversation aussi vite qu'un caméléon vire de couleur. Pourtant, si je lui faisais l'honneur d'être présente, aujourd'hui, à ce cocktail mondain, c'était évidemment pour en apprendre davantage sur cette fameuse affaire. Je n'allais donc pas laisser filer la première occasion d'assouvir ma curiosité.

Au bout de quelques heures, je n'eus pas d'autre option que d'inventer une excuse fumeuse pour l'entraîner un peu à l'écart. À l'abri des regards, sa mine s'assombrit soudainement, et son excitation partit en fumée. Cette brusque transformation me déstabilisa.

— Tu te fais discret ces derniers temps, plaisantai-je. Je suis consciente d'avoir été un piètre sujet d'expérience, mais je ne te savais pas aussi rancunier.

Mon sourire ne me fut pas retourné. Mais il ironisa à son tour :

— Tu dois trouver ce banquet bien ennuyeux. J'ai été surpris que tu te déplaces jusqu'à Lyon pour ce genre de cocktails prétentieux. Je m'attendais à me reprendre l'invitation en pleine figure, comme d'habitude.

Puis il se tut, plissant les yeux pour examiner un point derrière moi. Je me retournai pour suivre son regard. Un couple d'une soixantaine d'années vêtu de noir et gris, mine sombre, agrippés l'un à l'autre comme s'ils assistaient, impuissants, à une scène d'épouvante, se tenait près de la porte d'entrée. Ils semblaient hésiter entre s'approcher de la meute des scientifiques et reculer doucement vers la sortie.

— Tu les connais ? Ils ont l'air aussi effrayé que moi !

Le thérapeute souffla, comme ennuyé que je m'intéresse à eux.

— Oui, plutôt bien. Lui est cryogéniste ; en gros, il étudie le comportement des matériaux confrontés au froid. Il est sur le point de prendre sa retraite.

— Tu me montres une nouvelle fois à quel point je suis inculte, soupirai-je, dépitée. Cryogéniste ? Moi qui me vante d'avoir beaucoup de vocabulaire... Toutes ces spécialités scientifiques se multiplient au fur et à mesure que tu les évoques ou quoi ? Bref, y a-t-il un quelconque rapport avec l'étude des rêves, ou pas du tout ?

— Pas du tout.

J'opérai un demi-tour vers Martin. Son ton trop sérieux, sa voix étranglée...

— Pas du tout ? Ne me dis pas que lui aussi s'est laissé berner par tes belles théories utopiques et t'a servi d'objet d'étude ?

— Pas lui, mais son fils David.

— Ah, son fils est ici aussi ? Laisse-moi deviner, il s'agit d'un mini-cryogéniste qui a marché sur les traces de son père ? Ou lui aussi est le génie incompris d'une discipline inconnue ? Mais comment ça, il t'a servi d'objet d'étude ? Lui aussi a reçu une lettre vieille de 20 ans ? À lui aussi, tu lui as collé une âme sœur incongrue ? Il ferait donc partie de ceux qui, comme moi, ont besoin d'avoir recours à des thérapeutes pour réussir à planter grossièrement un cactus artificiel dans leur vie sentimentale désertique ? Peut-être que, vu tes expériences, l'image de l'oasis serait d'ailleurs plus appropriée... Oasis, mirage, faux souvenirs... Tu me suis ?

Je me tus, enfin. Je parlais beaucoup trop, quelquefois. S'en suivit un silence étouffant, plus pesant qu'un soleil de plomb dans la pampa. Puis

Martin reprit enfin la parole, d'une voix mono-
corde :

— Son fils David est mort par ma faute.

Mon petit four sucré-salé alla mollement, mais
avec une grâce infinie, s'écraser sur le sol.

XI – 8 juin 2013

La première séance de David

Quand David poussa la porte du grand onéo-thérapeute Martin Lorin, il crut tomber nez à nez avec le Docteur Maboul tout droit échappé du jeu de société éponyme. Il était son total opposé, lui le commercial toujours tiré à quatre épingles, bien loin d'exercer une profession laissant place aux songes ou autres divagations de l'esprit. Plongé à longueur de journée dans les chiffres de vente et les stratégies marketing, il en avait juste oublié de vivre. Jusqu'à ce jour où ses parents lui avaient parlé de cet étrange docteur un peu perturbé qui réalisait des expériences ayant trait aux faux souvenirs. Un secret bien mal gardé, étant donné qu'ils avaient eu vent de l'information alors même qu'ils n'étaient que de simples connaissances de Martin Lorin. Et qu'ils avaient certainement été les derniers au courant le jour où Armstrong avait posé le pied sur la Lune... Ses parents vivaient en effet en totale autarcie, reclus, fuyant la foule, la télévision, les commérages ou les lieux publics. David s'était toujours fait la réflexion que son père avait sacrément bien choisi son métier, cryogéniste – ou peut-être son métier l'avait-il davantage choisi. En tout cas, pour une fois, à travers les futilités qu'ils s'échangeaient, David avait intercepté un renseignement plus que captivant qui l'avait conduit jusqu'au bureau du professeur. Il s'apprêt-ait à présent à faire sa connaissance.

— Bonjour, docteur Lorin ?

Martin le fixa un instant. S'arracher à ses pensées constituait visiblement un effort surhumain.

— Vous devez être, voyons voir... David. Vous vous êtes montré mystérieux au téléphone. En quoi puis-je vous être utile ?

— J'ai entendu dire que vous aviez besoin de... sujets d'expérience.

Le docteur fronça les sourcils, perturbé par l'aplomb du jeune homme.

— De quelle expérience voulez-vous parler exactement ?

— Vous savez bien, de faux souvenirs.

Le silence dura quelques secondes.

— Je pense que vous n'avez pas frappé à la bonne porte, je ne pratique aucune expérience de ce genre, et quand bien même, j'aime choisir les patients avec lesquels je souhaite échanger.

David ne se laissa aucunement impressionner par la froideur de l'accueil.

— Je vais vous expliquer. Ensuite, libre à vous de me montrer la porte. Voilà, j'ai 45 ans, ma femme également. Nous sommes ensemble depuis nos 23 ans. Une fois nos études respectives terminées, nous sommes venus à Lyon pour trouver un boulot et avons emménagé ensemble. Un chemin de vie banal, me direz-vous. À 30 ans, comme nous étions bien installés professionnellement et que notre couple fonctionnait plutôt pas mal, nous avons logiquement commencé à vouloir agrandir la famille. Jessica a arrêté la pilule, puis, pendant quatre ans, nous ne nous sommes pas trop posé de questions, supposant que la nature était juste un peu capricieuse. Lorsque l'insouciance a laissé place à l'inquiétude, nous nous sommes résolus à passer toute une batterie de tests, comme de nombreux couples dans la même situation. La conclusion, plutôt nébuleuse pour des non-initiés au jargon médical, nous a été résumée ainsi par notre médecin : mon épouse avait peu de chances de tomber enceinte au vu du nombre peu important de spermatozoïdes que j'étais capable d'offrir... Nous avons donc essayé de forcer le destin en utilisant les méthodes modernes. France, Italie, Espagne, d'avion en avion, nous avons jonglé entre espoir et déception, la déception étant toujours de plus en plus importante, l'espoir de plus en plus mince, jusqu'à renoncer. Jessica n'a jamais voulu entendre parler d'adoption, donc l'histoire s'arrêtait là. Il ne nous restait plus qu'à nous plonger définitivement dans le boulot pour nous empêcher de penser à ce coup du sort. Le problème, c'est que je n'ai jamais réussi à combler ce manque, et je dirais même que ce vide a pris, année après année, de plus en plus d'ampleur dans ma vie. Jusqu'à devenir pratique-ment une obsession. Notre vie de couple en pâtit bien évidemment, mais je n'arrive plus que très difficilement à faire semblant. C'est assez pertur-bant, car avant tous ces échecs, notre existence me satisfaisait pleinement. Enfin, voilà pourquoi je suis devant vous aujourd'hui. Votre expérience liée aux faux souvenirs m'intéresse, inutile de vous expliquer la raison, j'imagine que vous l'avez saisie.

Martin Lorin se mordit la lèvre inférieure. Ce n'est pas ainsi qu'il avait appréhendé cette expérience. Ce cas était problématique. Hors norme. Exceptionnel. Donc palpitant.

XII - 21 avril 2014

La réunion entre scientifiques

Encore assommée par la fracassante nouvelle, je regardais vaguement le flot multicolore de costumes noir corbeau, manteaux à fourrure et autres chapeaux informes défiler devant mes yeux. Comme pour chaque réunion dans laquelle j'avais atterri, souvent bien malgré moi, le buffet s'était vidé aussi vite que les verres, quelques petits fours orphelins traînant encore dans quelques recoins. Martin avait fendu la foule pour repartir à l'aventure, écourtant du même coup un tête-à-tête gênant. Tentant de recouvrer pleinement mes esprits et de rester insensible aux divers effluves qui agressaient mes narines, je repensais aux séances durant lesquelles il avait tenté de m'implanter délicatement mais sournoisement des souvenirs imaginés dans la mémoire. Je pouvais avouer, maintenant, que j'avais surtout été effrayée par le fait qu'il puisse y parvenir. Que je puisse stocker, quelque part dans mon cerveau, des informations fictives que je considérerais comme bien réelles. C'était angoissant. Voire terrorisant. Mais il n'en fut rien. L'interminable mission échoua, et j'en ressortis indemne. L'idée, totalement incongrue, était pourtant séduisante, et j'y avais mis la meilleure volonté du monde.

Martin avait ainsi tenté de combler ce vide de quelques années dans notre histoire, à moi, à Pierre. De nous créer un passé commun. Comme si la lettre était arrivée dans les temps à la bonne adresse. Comme si notre liaison s'était poursuivie bien après cette fameuse nuit. Le peintre et l'écrivain. Cette rupture à notre insu était du pain béni pour le docteur Lorin qui voyait dans notre cas une bonne raison de vouloir reconstituer un fil d'Ariane. Il avait tout d'abord fallu – longtemps – nous persuader que nos différences, que dis-je, notre discordance totale actuelle venait du fait que nous avions vécu éloignés l'un de l'autre, et que tenter de retrouver notre harmonie d'antan n'était pas une aberration... « Harmonie » : le mot était fort, tellement fort que je n'avais pu retenir un rire narquois lorsque Martin l'avait prononcé pour la première fois. Parler d'« harmonie » pour ce qui s'apparentait à une histoire d'un soir me paraissait un brin exagéré, mais en cela résidait tout son talent : il arrivait véritablement à nous faire prendre des vessies pour des lanternes. Et nous nous étions lancés pendant des mois dans la mascarade, avec la ferme intention de faire au mieux pour aider le docteur à prouver l'improuvable. Or rien n'y avait fait. Les lunes de miel inventées à Reykjavik ou Florence, les randonnées sur l'île de Beauté, les safaris africains matinaux, les nuits torrides vénitiennes... Les diverses techniques utilisées : l'hypnose, les imageries guidées, les rêves éveillés... Rien n'avait fonctionné. Et pourtant, Martin s'était donné du mal pour construire notre idylle, engloutissant des dizaines de poésies lyriques incontournables débordantes de spleen, Baudelaire, Hugo, Rimbaud, ou encore des dizaines de romans contemporains, Jan-Philipp Sendker, Anna Gavalda, Joël Dicker, Christophe Ono-dit-Biot, tous ces écrivains qui décrivent l'amour comme ils le font, dans l'unique but d'y puiser quelques éléments à intégrer dans nos caboches. Toujours jouissifs. Toujours teintés d'allégresse. Des bouts de contes féeriques qu'il avait ensuite fallu glisser dans notre mémoire, doucement, placidement, sans précipitation, les mêlant insidieusement aux multiples tranches de vraie vie que nous avions choisi de stocker et sur lesquelles le temps n'avait pas encore œuvré.

Il m'arrivait quelquefois de me remémorer ces instants fraîchement emmagasinés comme de véritables bonheurs partagés. Pierre et moi en train de prendre un bain de mer à Fjällbacka, en Suède, ou attablés devant une Guinness, à Galway... Plus qu'une existence parallèle à celle que j'avais eue avec mon mari et ma fille, ces épisodes se fondaient harmonieusement dans mon passé, comme du curry mêlé à une plâtrée de riz. La teinte de mes souvenirs en était modifiée. Ils en devenaient plus éclatants, plus pigmentés. Ils ne déracinaient en rien les authentiques pour s'implanter à leur place, mais construisaient leur propre cocon, duquel ils dispensaient leur bien-être. Ils constituaient également la preuve que la mémoire pouvait être biaisée, et que sa part d'extravagance lui permettait d'allier le vrai et le faux, l'inventé et le vécu, sans forcément opérer un tri entre les deux. Une joyeuse bouillie : voici l'allégorie qui me venait à l'esprit.

Malheureusement, ces agréments surannés n'avaient aucunement agi sur notre présent commun, à Pierre et moi, et encore moins sur un avenir. Seul notre parcours jusqu'à aujourd'hui avait semble-t-il été perturbé. Nos sentiments réciproques restaient tristement au point mort. Nous avions pu le constater lors de nos récentes retrouvailles. Après des séances et des séances à tenter de créer des moments d'ivresse fantasmés, pourtant bien ancrés dans mon esprit, Pierre était encore, toujours et invariablement Pierre, l'égocentrique blindé d'artifices qui le rendaient clownesque. Insupportable. Comme si le passé n'avait eu, dans notre cas, aucun pouvoir sur le futur. Zéro répercussion, ou presque. Les bouffées de haine que j'avais quelquefois éprouvées en sa présence s'étaient dissipées, mais aucun feu naissant ne s'était manifesté. Même pas la plus infime des brindilles. Et l'échec cuisant avait été partagé. Pierre n'avait pas eu besoin de me l'avouer ouvertement : son regard, ses gestes trahissaient cet agacement que je lui inspirais encore aujourd'hui. Nous avions alors décidé de mettre un terme à cette aventure, un peu frustrés, mais sans réellement éprouver de l'amertume. C'est pour Martin que la déception avait été immense.

Sa voix résonna à nouveau dans ma tête, me ramenant au moment présent : « Il est mort par ma faute. » Se pouvait-il que ses expériences en apparence si anodines aient pu conduire à un drame ? Je ne pouvais pas le concevoir. Et pourtant, quels autres scénarios imaginer ? Le professeur privilégiait le pacifisme en toutes circonstances, fuyant toute forme de conflit... On pouvait donc éliminer la bagarre qui tourne mal. L'accident de voiture n'était pas plus envisageable, dans la mesure où il ne se déplaçait qu'en transports en commun. Et puis il m'avait révélé que cet homme était l'un de ses patients. Je me rappelais la mésaventure qu'il m'avait contée, le jour de notre première rencontre, concernant le docteur accusé de manipulation mentale. Martin s'était-il lui aussi brûlé les ailes en voulant transformer la mémoire d'un de ses clients en champ d'expérimentation ? Il me fallait l'explication.

XIII - 18 juin 2013

La deuxième séance de David

David venait de sortir du cabinet du docteur Lorin. La détresse du jeune homme l'avait une nouvelle fois désarmé. Pourtant, il avait maintes fois été confronté à un fort degré de douleur au cours de sa carrière, mais son histoire le touchait profondément. Martin Lorin avait réfléchi durant de longs jours, de courtes nuits, pesant le pour et le contre, les dangers, les tenants et les aboutissants, les solutions potentielles, avant de finalement se convaincre qu'il était peut-être justement l'un des seuls à disposer des armes susceptibles de lui venir en aide. Il savait qu'il pouvait interférer positivement sur la mémoire. Il sentait qu'il pouvait réussir cette prouesse, malgré le semi-échec qu'il avait essuyé avec Rosie et Pierre. Rosie était adorable, mais sa forte propension à douter de tout ce qui pouvait toucher de près ou de loin au domaine de l'extraordinaire avait ébranlé l'expérience. Quant à Pierre, son amour de soi prenait une place si considérable qu'il ne restait que peu d'espace à une éclosion et à un accroissement de sentiments pour autrui. Le docteur gardait toujours à l'esprit, le concernant, un champ jaunâtre aux trois quarts rempli de narcisses, le quart restant, en friche mais potentiellement exploitable, étant protégé par des ronces majestueuses et opiniâtres difficilement déracinables. Le résultat de la tentative de fusion de ces deux personnalités excentriques ressemblait davantage à un flan qu'à un geyser.

Martin Lorin jugeait aujourd'hui qu'il avait fait une probable erreur de casting. Trop de paramètres aléatoires rentraient en ligne de compte, et le fondement même était bancal dans la mesure où il fallait que de vrais sentiments et une réelle envie de réussite existent au départ. La volonté du patient était primordiale. Et créer à partir du néant était bien plus délicat que d'ajouter des pierres à un édifice déjà partiellement construit sur du solide. Il avait été floué par cette lettre qui lui avait fait penser que Pierre avait ressenti un immense coup de cœur pour Rosie à l'époque. Or les séances avec le jeune homme n'avaient pas confirmé cette supposition, bien au contraire. Quant à Rosie, qui avait roulé des kilomètres pour retrouver son amour de jeunesse, elle semblait très détachée par rapport à cette idylle. Elle la voyait davantage comme un divertissement passager épiçant un peu son quotidien que comme une réelle opportunité de refaire sa vie.

Néanmoins, le thérapeute avait ainsi pu mettre en pratique les divers outils mentaux qui forçaient l'accès à la mémoire, la déverrouillaient, l'offrant ainsi en pâture à la suggestion. Parmi eux, le rêve éveillé, une méthode développée par le psychanalyste Robert Desoille, lui-même inspiré par Freud. Il s'agissait d'un procédé courant que Martin maîtrisait pour l'avoir utilisé maintes fois sur ses patients. Ces derniers, une fois leur pouls ralenti, leur corps relaxé au maximum pour que Dames Imagination et Émotion soient désentravées, s'exprimaient sur les images, les scénarios, les bruits, les odeurs qui les traversaient sur l'instant. Il les laissait dérouler le fil de leurs pensées, écouter leurs sens, avant de leur proposer une interprétation des symboles qui en ressortaient. Face à Rosie et Pierre, il s'était permis d'orienter le rêve qui, à la base, leur appartenait. Mais il n'avait pas réussi à les mener là où il le désirait. Trop de retenue. Pas assez d'authenticité. Ni de sensibilité.

David représentait un tout autre cas de figure. Bien plus intéressant. Son besoin viscéral de vivre une vie dans laquelle un enfant évoluait, cette nécessité de se faire cobaye de l'expérience... Il ne pouvait pas échouer. Et il ne pouvait pas non plus abandonner cet homme, se disait-il lorsqu'il sentait que l'égoïsme prenait le pas sur l'altruisme. Non, s'il acceptait le *deal* de David, ce ne serait pas uniquement pour avancer ses travaux sur la mémoire et révolutionner la science. Il le ferait aussi par compassion. Car David l'avait ému aux larmes, et parce qu'il le savait dans une profonde détresse. L'argent ne rentrerait aucunement en ligne de compte. Il ne souhaitait pas toucher un centime et l'avait clairement notifié à son patient. Il aurait eu l'impression d'intégrer le clan de ces charlatans profitant de la détresse d'autrui pour s'enrichir. L'argent n'avait jamais été son moteur, ni sa cible.

C'est ce jour que Lili et Léo, fille et fils de David, commencèrent à germer au cœur du cerveau torturé du docteur Lorin. Personnages fictifs créés en 2013 et nés respectivement en décembre 1990 et octobre 1992. Elle la charmeuse, cheveux bouclés, large sourire, grands yeux bleu clair oblongs, croquant la vie à pleines dents, vrai garçon manqué aimant les sports à sensations, l'escalade et les voyages au long cours mais aussi la pâtisserie et le jardinage. Et lui, brun ténébreux à l'apparence fragile, véritable amoureux des bêtes, fervent défenseur des loups de toutes origines, guitariste rocker et jeune auteur de nouvelles à ses heures perdues. Elle très extravertie, lui trop rêveur...

Le docteur allait passer des jours à peaufiner les singularités de ces deux chérubins imaginaires et à se mettre dans la peau d'un écrivain qui ajoute des ornements à ses descriptions pour rendre le portrait plus humain, les héros plus concrets, les protagonistes plus attachants. Puis quelque vingt années resteraient à tisser par le biais d'anecdotes, d'aventures, d'émotions. Martin Lorin puiserait l'inspiration au sein de sa propre vie, mais aussi de ses lectures, de ses rencontres, de sa famille ou de ses désirs non réalisés : il n'avait lui-même jamais eu d'enfants avec sa femme. Lili et Léo correspondraient certainement de près ou de loin à l'image qu'il avait projetée d'eux.

Ensuite, sa capacité de suggestion entrerait en jeu : il devrait se débrouiller pour que Lili et Léo renaissent dans l'esprit du futur père de famille. Comme une drogue injectée dans l'organisme qui déverserait ses bienfaits dans chaque membre, chaque organe.

XIV - 5 septembre 2013
Trois mois après la première séance de David

David se sentait renaître. Depuis combien de mois n'avait-il pas éprouvé ce bien-être qui le submergeait aujourd'hui, comme si de la morphine coulait dans ses veines et le maintenait dans un état permanent d'euphorie ? Ses poumons fonctionnaient à plein régime, cette boule dans la gorge, ce stress qui le rongeait semblaient s'être simplement volatilisés. Pas un seul de ses muscles n'était contracté, son dos avait cessé de le faire souffrir et ses pensées étaient rigoureusement ordonnées. Son être entier semblait avoir trouvé cet équilibre d'énergies qui permettait une synergie totale entre le corps et l'esprit. C'était donc ça, se sentir vivant ! L'avait-il déjà été auparavant ? Aujourd'hui, même les tâches les plus rebutantes lui paraissaient bien plus à sa portée. Il n'était plus effrayé par l'idée de laisser vagabonder ses pensées. Mieux, il y puisait des ingrédients supplémentaires à sa recette du bonheur.

Tout cela, il le devait à Martin, il lui en était terriblement reconnaissant. Le docteur, devenu un ami, l'avait aidé à remplir intensément ce vide qui noircissait ses journées, cette impression constante de manque. Son imagination travaillait sans relâche, et il la sentait aujourd'hui plus forte que la réalité. Séance après séance, les souvenirs qu'il avait minutieusement élaborés lui apparaissaient plus vrais que nature. Pourquoi en serait-il autrement ? Il n'avait nul besoin d'avoir en sa possession des preuves matérielles qui rendraient ses songes plus réalistes : l'abstrait lui suffisait amplement. Les sentiments ne se concrétisaient guère ailleurs que sur la toile d'un artiste, alors pourquoi vouloir leur construire une apparence à travers des objets inutiles ? Une chair superficielle et destructible ? Et puis il fallait en passer par là, redessiner le passé pour mieux créer son avenir. Il avait lu une passionnante étude à ce sujet, sur les conseils du professeur. Elle traitait de la concordance entre le passé et le futur et témoignait du fait qu'il avait été prouvé scientifiquement, grâce aux progrès effectués dans le domaine de la neuro-imagerie fonctionnelle, que souvenirs et projections activaient les mêmes régions du cerveau. Et que les détails du passé servaient à planifier l'avenir. Leur rôle était donc primordial.

Bien qu'il se soit éloigné encore un peu plus de son épouse ces derniers temps, car Jessica n'arrivait pas à saisir le pourquoi de sa démarche, même si ses proches l'observaient comme on regarde un fou débiter ses délires, il ne regrettait pas d'avoir invité Lili et Léo dans son existence. Il voyait là une revanche sur la vie. Un pied de nez à la nature. Il était fier de pouvoir déclarer qu'il avait une fille, un fils, avec leurs défauts, leurs qualités, leurs préférences, leurs phobies. Il gardait en mémoire ce jour où ils étaient partis à Collioure tous les trois, Lili, Léo et lui, et avaient loué un voilier pour une petite escapade en mer. Ils s'étaient baignés dix minutes avant qu'une méduse ne s'attaque à la jambe de Léo et qu'il faille rentrer au moteur, faute de vent. Du coup, ils avaient arpenté les rues, Lili et lui, sur les traces du parcours dédié au fauvisme, Matisse ayant plongé son pinceau au cœur de ces exceptionnelles lumières naturelles colliourencques pour les reproduire sur ses planches. Ils s'étaient extasiés devant ces tableaux réalistes aux couleurs vives avant de s'arrêter prématurément devant l'un des nombreux glaciers vendeurs de rêve gustatif en cornets. Il revoyait le soir où Lili avait eu son premier vrai rendez-vous amoureux qui avait tourné au drame à cause du tempérament fougueux de la jeune fille, ou revivait l'instant précis où lui-même s'était rendu compte que Léo était un pianiste doué.

Étrangement, les traits de leurs visages se dessinaient très nettement dans son esprit, leurs expressions, leurs mimiques, leurs rires... Le « rêve éveillé dirigé », comme l'appelait quelquefois le thérapeute, lui permettait d'élaborer ses propres scénarios à partir de détails qui lui avaient été suggérés, et il ne s'en privait pas. Les deux s'associaient dans une parfaite harmonie. Bien sûr, il avait forcément développé une sorte de dépendance à ces entretiens avec Martin, comme un fumeur esclave de ses cigarettes ou un auteur accroc à sa plume. Mais qu'importe. Il se sentait vivant, aimant et aimé.

XV - 14 octobre 2013

Quatre mois après la première séance de David

Ils en convenaient, le climat méditerranéen adoucissait les mœurs. David et Jessica s'étaient donc accordé un week-end dans l'élégante localité de Banyuls dans le but d'apaiser ces tensions qui se transformaient en véritable lutte gréco-romaine, entre eux, depuis quelque temps. De faibles rayons de soleil réussissaient à percer l'épaisse couche de nuages gris. L'automne n'avait pas encore totalement pris ses quartiers dans cette ville qui subissait le sort d'un grand nombre de cités portuaires méditerranéennes : remplie de vie durant la période estivale, elle était délaissée le reste de l'année au profit de destinations plus enneigées. Ce qui n'était pas pour déplaire aux deux promeneurs. Le tandem avait choisi de déposer les armes pendant deux jours, errant dans les ruelles colorées qui avaient retrouvé leur bénéfique sérénité. Ils ralliaient ainsi paisiblement le bord de mer, main dans la main, silencieux. Leurs disputes incessantes menaçaient leur couple, ils n'en étaient que trop conscients. Et le même thème de discorde revenait sans cesse. Jessica avait fini par maudire ce thérapeute que David vénérait, au point de l'insulter quotidiennement. Elle se savait exclue de cette vie de papier qu'il s'inventait de jour en jour. Quelle place était la sienne dans cette histoire ? Alors qu'elle était bien réelle, faite de chair et d'os, elle se sentait de plus en plus supplantée par des fantômes d'enfants emprisonnés dans le cerveau tarabiscoté de son époux. Elle ne comprenait pas cette relation malsaine qu'il entretenait avec des personnages qu'il ne pourrait jamais serrer dans ses bras, embrasser. Comment aimer des êtres qu'on ne peut ni regarder, ni écouter ou toucher ? Comment leur forger une personnalité alors qu'ils n'existaient qu'à travers lui ? Pouvait-il y avoir une quelconque communication entre eux ? Quel docteur pouvait mettre en scène une telle aberration et entraîner son patient dans cette spirale infernale ?

Pourtant, aujourd'hui, Jessica désirait mettre de côté ces divergences qui les faisaient s'éloigner dangereusement l'un de l'autre. Ce n'était qu'une passade, une obsession momentanée qui l'aiderait un temps à résoudre ses soucis. Puis il reprendrait pied. Comme toujours. Elle le savait plus fort qu'il n'en avait l'air, et ils avaient déjà fait face à plusieurs déconvenues qu'ils avaient finalement su affronter... Mais aujourd'hui, il n'y avait qu'eux et ces panoramas oniriques. Elle se lova davantage contre lui. Peut-être que finalement, tout n'était pas totalement perdu.

Après s'être arrêté pour savourer un succulent plateau de fruits de mer dans un restaurant situé à quelques encablures des premiers rouleaux marins, le couple décida d'aller sonder la température de l'eau, trempant précautionneusement le bout des orteils dans la pointe d'une vague qui était venue finir sa course effrénée face à eux. Ils rirent bêtement. Se poussèrent mollement vers le large. Ils n'étaient pas loin de vivre le parfait cliché du séjour idéal.

Mais une simple et anodine remarque de David, qu'il prononça pourtant le plus innocemment du monde, allait ébranler cette fragile quiétude.

— Tu te souviens du jour où l'on s'est baignés dans cette petite crique, là-bas ?

Après avoir longuement considéré avec incrédulité la direction qu'il pointait du doigt,

Jessica lui jeta un regard inquisiteur, désespéré ou peut-être simplement inquiet.

— Nous ne sommes jamais venus ici tous les deux.

Il la toisa, l'espace d'un instant interminable, puis reprit sa contemplation du panorama sans rien ajouter. L'atmosphère s'était chargée, le vent avait forci, soulevant à présent violemment les vulnérables grains de sable qui reposaient tranquillement à leurs côtés il y a peu. Les drisses commencèrent à cingler les mâts avec plus d'insistance. Et les embruns répandirent subitement des relents de gâchis.

XVI – 21 décembre 2013

Cinq mois après la première séance de David

Martin était alité. Quarante de fièvre. Les virus sévissaient à cette époque de l'année. Mais pourquoi donc n'avait-il pas soigné cette maudite angine qui s'était envenimée ? Maintenant, il s'en mordait les doigts, comme durant l'une de ces rages de dents qui nous font regretter d'avoir repoussé encore et encore le rendez-vous chez le dentiste-boucher du quartier. Déglutissant difficilement, il ne pourrait bien évidemment pas se rendre à son cabinet jusqu'à ce que les antibiotiques se décident à faire effet. Un jour était déjà passé. Une éternité pour ce bourreau de travail hyperactif. Quand allait-il enfin récupérer toutes ses capacités ? Il se consolait en dévorant les romans qui s'étaient accumulés dans sa bibliothèque depuis les dernières fêtes de fin d'année, et auxquels il n'avait guère eu le temps de jeter un œil. Mais il se sentait tout de même coupable vis-à-vis de ses patients. Lui qui n'était jamais malade... c'était rageant.

Lâchant pour un instant les pages du mélodrame qu'il aurait achevé de lire en à peine deux heures, et ce malgré les frissons et la fatigue, il se traîna mollement jusqu'à son téléphone. Non sans mal. Un brouillard épais semblait accompagner chacun de ses mouvements alors que des quintes de toux effroyables gênaient sa progression dans cette pièce qui ne lui était jamais apparue aussi spacieuse. Il dut mettre près de quinze minutes à accéder à distance à la messagerie de son cabinet, profitant du court répit que lui avaient finalement laissé ses doigts tremblants. Dix nouveaux messages. Ses rendez-vous de la veille et d'aujourd'hui avaient heureusement été annulés par sa propre épouse. Il songeait de plus en plus à prendre une secrétaire, comme ses confrères le lui conseillaient depuis des années. Deux démarcheurs. Cinq clients désirant un créneau pour une consultation. Une annulation. Un message de David. D'une voix que Martin jugea très fébrile, il expliquait que ce jour était celui des 23 ans de Lili. Il s'était disputé avec sa compagne, qui en avait assez de supporter ses « hallucinations », selon ses mots. Elle lui avait jeté au visage que son cinéma finissait de les détruire, qu'il fallait qu'il rouvre les yeux avant de finir complètement fou et qu'il avait passé l'âge des amis imaginaires. Lili et Léo n'étaient que des inventions d'un esprit aliéné. David avait raccroché en demandant au docteur de le rappeler quand il aurait un moment. Deuxième message, quelques heures plus tard. Les larmes brouillaient la voix de David qui devenait quasi inaudible pour les oreilles à moitié bouchées du docteur. « Vous devez être absent aujour... mais elle a raison, je me fais un film... Pas de Lili... lui avait acheté le Smartphone à la mode, mais pour qui ? Pourquoi ? Ce manège est absurde. » La tonalité de fin de message ne lui avait jamais semblé plus sinistre et grossière. Il devait le joindre, maintenant. Sur-le-champ ! Où était son numéro ? L'avait-il entré dans son portable ? L'appareil tomba au sol. Non, il devait se calmer, pas d'urgence. L'angine le faisait délirer. Une journée était passée depuis cet appel, David avait très certainement retrouvé ses esprits depuis. Sinon, il aurait directement appelé sur son portable. Ça n'était pas la première fois qu'il était confronté à la crise de nerfs d'un patient. Il devait retourner s'allonger avant de suivre le même chemin que son téléphone.

XVII - 22 décembre 2013

Le lendemain

*P*ierre feuilletait mollement le journal régional. Pourquoi donc restait-il abonné à ce type de quotidiens dont les articles n'étaient que des bribes de sujets généraux non argumentés, peu dignes d'intérêt et qui ne mettaient que très peu en avant le monde artistique lyonnais et alentour ? Parcourant sans conviction la page des faits divers, il soupira, dépité. Il n'avait que faire des marchés de Noël et autres mésaventures ne concernant que les personnes évoquées et leurs voisins. Il poursuivit sa lecture « zapping » :

Presse Rhône du 22/12/2013

Tassin-la-Demi-Lune - Les pompiers sont intervenus, hier en fin d'après-midi, pour éteindre un incendie qui s'était déclaré dans un garage automobile. Les flammes ont rapidement été maîtrisées.

Lyon - Hier aux environs de 14 h 30, un homme de 45 ans a été heurté par un train un peu après la gare de Lyon Part-Dieu. Son décès a été constaté quelques minutes plus tard, à l'arrivée des secours. L'enquête en cours s'oriente vers un suicide, des témoins affirmant en effet qu'il aurait sauté sur la voie alors que le TER avait repris son parcours en direction de Grenoble. L'incident a entraîné des perturbations dans le trafic durant cinq heures.

Bourg-en-Bresse - Hier matin, un accident de la circulation impliquant un poids lourd et deux véhicules légers a fait deux blessés légers sur la D1083. Selon les premières constatations, le chauffeur du camion aurait perdu le contrôle de son véhicule pour une raison encore indéterminée et heurté à hauteur de la portière arrière une auto qui venait en sens inverse. La départementale a été coupée durant deux heures.

Visiblement, ce journal est bien riche en informations futiles, songea Pierre en le jetant sur une pile de magazines divers qui traînaient sur sa table basse.

XVIII - 1ᵉʳ mai 2014

Quelques jours après la réunion entre scientifiques

J'allais enfin avoir mon explication. Devant mon insolente insistance, Martin avait entrepris un voyage express jusqu'à la cité nantaise que j'avais réintégrée, frustrée, après ce fameux banquet scientifique. Assoupi à présent dans mon salon, affalé contre le dossier de mon canapé jaune pâle avec un livre posé sur ses genoux, chemise jaune soufre sur les épaules, il m'évoquait une toile du peintre tchèque Kupka sobrement intitulée *La Gamme jaune*. Où avais-je donc croisé cette peinture ? Cette précision m'échappait. Mais le camaïeu de jaune mêlé à l'étrange expression du visage de l'homme représenté m'avait marquée. Un visage dans lequel on relevait quelques similitudes avec celui du professeur : le front haut, les cheveux frisottants sur les côtés, les fines lèvres pincées...

J'étais encore plongée dans mes contemplations lorsque Martin songea enfin à reprendre conscience. J'avais tenté quelques bruits discrets pour qu'il ne commence pas sa nuit sur mon sofa, mais rien n'avait réussi à le perturber. Maintenant, je n'avais aucune intention de le laisser filer avant que le dernier nœud de mon cerveau ne soit démêlé. Moi qui avais déjà des prédispositions en termes d'imagination débordante, c'est à une véritable symphonie de scénarios farfelus que j'avais soumis mes méninges depuis des jours. L'aspirine ne m'apportait plus aucun soulagement, mon crâne avait un cruel besoin de réel pour une fois.

— Alors ?

Encore ensommeillé, le docteur eut l'audace de me lancer un regard étonné. J'en déduisis qu'il était prêt à effectuer 700 kilomètres pour venir simplement roupiller sur mon canapé et parler de ce qu'il avait mangé au petit-déjeuner, tandis que je contrôlais tant bien que mal mes nerfs pour ne pas lui desserrer les mâchoires de force.

— Dis-moi.

Il dut être effrayé par ce qu'il lut dans mes yeux, ou par mon ton hystérique, car il me tendit une lettre que je ne lui arrachai pas des mains mais pris avec empressement. Tout était dans la nuance. Je me rappelai alors le surprenant courrier qui m'était parvenu il y a de ça quelques mois, m'apportant son lot de surprises, de rencontres, de déconvenues, d'aventures même. Il est curieux de constater qu'un détail aussi anodin que la réception d'une lettre ridicule peut avoir de telles répercussions sur le futur. J'avais été à deux doigts de la jeter, mais mon ennui du moment m'avait entraînée tout droit vers ce professeur aussi torturé que captivant.

Je comparai mentalement les deux courriers. L'écriture de celui-ci me paraissait bien plus hostile. Je le parcourus. Il datait de fin décembre de l'année dernière. Cinq mois auparavant.

Docteur Martin Lorin,

Nous venons, ce matin, d'enterrer notre fils unique, David, qui a été percuté par un train dans la gare de Lyon voici quelques jours. Notre belle-fille, qui vous tient pour seul responsable de sa mort, nous a raconté en détail les « expériences » que vous avez tentées sur sa mémoire. Nous avons été bouleversés d'apprendre que l'un de nos confrères s'était livré à de telles pratiques dans le cadre de sa profession. Notre fils n'était pas voué à être un champ d'expérience pour un docteur en mal de reconnaissance. Se servir de la fragilité mentale d'un de ses patients, de ses démons, pour atteindre une renommée quelconque nous semble être bien éloigné du serment d'Hippocrate. Cet acte nous apparaît, à nous parents, monstrueux. Et vous, pourrez-vous vivre avec ce poids sur votre conscience ?

Nous hésitons actuellement à porter l'affaire devant les tribunaux qui trancheront sur le côté criminel de ce drame, même si une telle démarche ne nous ramènera jamais notre bien-aimé David. N'étiez-vous pas censé lui venir en aide ? Le soutenir dans une mauvais passe, au lieu de le condamner ?

Sachez que notre belle-fille a d'ores et déjà contacté une association soutenant les victimes de faux souvenirs induits.

Nous nous passerons d'une quelconque réponse de votre part qui, de toute façon, sonnerait comme un affront supplémentaire fait à notre famille.

M. et Mme Woolf

Woolf... Sa fin tragique était donc inscrite au cœur même de son nom de famille. Virginia, David. Un écrivain de génie, un commercial. Mais avant tout, deux individus blessés par la vie qui n'avaient su trouver assez de sens à l'existence pour s'y accrocher. Il me vint à l'esprit un passage de *Mrs Dalloway*, l'un des principaux romans de Virginia Woolf, édité en 1925 : « *For really, what with eating, drinking, and mating, the bad days and good, life had been no mere latter of roses...* » Sa vie non plus n'avait pas été un lit de roses... Les émotions avaient été le moteur de cette artiste talentueuse, la condition et la raison de son succès, mais également son pire ennemi...

Je sentis le regard de Martin braqué sur moi. Ses yeux m'imploraient de lui lancer une quelconque bouée de sauvetage. Mais je restai muette, choquée. Les mots me manquaient. J'en convenais, il était dans un sacré pétrin.

Ce ne fut que plus tard, dans la soirée, que j'appris plus précisément les tenants et les aboutissants de cette douloureuse histoire. Fidèle à mon tempérament intrépide, je ne pus retenir bien longtemps ma réplique cinglante :

— Mais tu pensais que ça allait te mener où, tout ça ? Je veux dire, tu t'imaginais que ça pouvait finir autrement ? Il aurait fallu que tu sois présent 24 heures sur 24 pour lui, et même comme ça... Il ne te fallait pas seulement construire un passé, mais aussi un présent et un futur dans son cas, et encore il...

D'un geste, il m'implora d'arrêter mon réquisitoire. Le réconfort n'avait jamais été la première de mes qualités. C'était une certitude.

XIX - 19 juin 2014

Le plan

Pierre avait mollement appuyé sur la sonnette, si mollement que je lui jetai un regard en coin plus foudroyant qu'interrogateur. Existait-il une attitude plus ridicule que de se montrer timide devant le bouton d'une sonnette ? N'étions-nous pas venus exprès pour rencontrer ces gens ? Et le résultat n'était-il pas le même, que l'on appuie nonchalamment ou franchement ? Je dus me ressaisir. Il fallait que je me replace dans mon rôle de parfaite amoureuse. J'en étais subitement sortie sans même que mon partenaire d'un jour ait eu besoin d'ouvrir la bouche... Mais il était si tristement agaçant... La partie était loin d'être gagnée.

Pour apaiser un peu ma colère, je me forçai à observer le jardin qui m'évoqua ces petits espaces verts irlandais si bien entretenus que l'on ose à peine placer un bout d'orteil sur la pelouse de peur de désorganiser l'ensemble, comme dans un jeu de dominos. Je souris à la vue d'un magnifique magnolia blanc qui venait certainement de débuter sa floraison. Lyon dans toute sa splendeur. La maison, à la façade légèrement rosée et aux volets soigneusement peints en blanc, respirait la sérénité, l'ordre, la sobriété et le bon goût.

Une femme ouvrit la porte, construite autour d'un vitrail d'un coloris bleu outremer particuliè-rement resplendissant, et marcha lentement jusqu'à nous. Je présumai qu'il s'agissait de la mère de David.

— Qui êtes-vous ?

Le ton n'était ni agressif, ni amical, mais reflétait la politesse et le respect, ce qui m'encouragea à prendre la parole :

— Je suis Rosie. Voici Pierre. Nous venons discuter avec vous au sujet du docteur Lorin.

La femme frissonna à l'énoncé de ce simple patronyme. C'est sûr, la partie était très très loin d'être gagnée.

— Nous allons bientôt prendre un avocat, vous pourrez discuter autant que vous voudrez avec lui. Je n'ai rien à dire sur son compte, qui plus est à des étrangers.

Elle me fixa, tentant de se rappeler pour quelle raison mon visage lui était familier. Nous nous étions croisées lors du banquet où Martin m'avait fait sa première confession avant de m'abandonner comme une chaussette usée.

— Nous sommes des patients du docteur. Nous désirons vous raconter ce qu'il a fait pour nous deux.

Je sentis Pierre tressaillir à mes côtés. Déjà qu'il jouait la carpe, ne pouvait-il pas au moins s'abstenir de montrer des signes susceptibles de nous trahir ? La femme nous dévisagea un long moment avant de déclarer, amèrement :

— Vous aussi, il a donc réussi à vous embobiner ? Éloignez-vous de lui, c'est le seul conseil que je pourrais vous donner. C'est trop tard pour mon fils, mais pas encore pour vous.

— Madame, insistai-je, pourrions-nous rentrer un moment ? Nous n'allons pas vous déranger longtemps.

Elle hésita, puis ouvrit doucement la claire-voie. Martin ne nous avait pas menti, ces gens étaient foncièrement gentils. Il est fort probable que ma réaction eût été tout autre à sa place...

En chemin, Pierre, qui entrait enfin dans la peau de son personnage, me saisit la main. Je sursautai puis maugréai intérieurement. Heureusement, Mme Woolf semblait trop absorbée dans ses pensées pour s'apercevoir de mon mécontentement. Elle nous fit pénétrer dans la chaleureuse salle à manger et nous servit un café dans un silence monastique. Rassuré par son comportement bienveillant, Pierre prit alors soin de lui exposer notre mensonge. Grâce au très brillant et très aimé docteur Lorin, nous nous étions inventé le passé dont nous avions rêvé, et que nous avions manqué à cause de cette fichue lettre égarée. À présent, nous nous aimions comme des fous, nous servant de ces bribes de souvenirs imaginés pour nous créer un avenir. Notre scénario était avec sons et images : Pierre n'avait pas daigné me lâcher la main depuis le petit chemin. Je sentais les fourmillements venir. Le récit avait également été entrecoupé de deux ou trois regards langoureux si maladroits et contrefaits que je nous trouvais grotesques. Surtout devant cette femme dévastée par le chagrin, qui avait perdu son fils dans d'atroces conditions et à qui nous osions déblatérer une histoire totalement niaise. Lorsque Pierre eut fini d'en faire des tonnes sur notre future vie à deux qui se construisait, le silence revint. La femme nous examina un instant, puis cligna des yeux avant de répondre calmement.

— Alors je suis heureuse que cette méthode peu convaincante à mes yeux ait marché sur vous. Peut-être était-il trop tard pour mon fils. Mais il est vrai qu'il ne faut qu'un instant pour comprendre que vous vous adorez. J'ai eu le temps de réfléchir depuis sa mort. Nous pouvons accuser ce docteur, mais nous n'avons pas non plus été à la hauteur. Nous n'avions pas saisi à quel point ce désir d'enfant le rongeait. Nous avons beaucoup de regrets à ce sujet. En tout cas, je vous souhaite bien du bonheur.

Une fois passée la grille, j'appelai Martin pour le mettre au courant : Mme Woolf ne porterait pas plainte, elle nous l'avait garanti. Il restait à présent à convaincre la belle-fille. Mais la colère de Jessica envers le docteur semblait être retombée comme un soufflé. Il se murmurait qu'elle avait déjà rencontré une personne qui l'aidait à repartir de zéro, et qu'elle souhaitait laisser derrière elle ce passé si douloureux. Elle avait sa part de responsabilités dans la dispute qui avait entraîné le geste irréparable, elle ne pouvait donc pas imputer la totalité des torts à ce terrible « professeur sordide », comme elle l'avait surnommé.

Maintenant, il fallait juste que Martin se décide à stopper ces dramatiques expériences qui menaient à des catastrophes. Je l'implorai de se ressaisir. De se dégoter un autre objectif, moins tarabiscoté, moins dangereux aussi pour la santé de ses patients. Cette histoire l'avait-elle vacciné ? Je n'en étais pas certaine. Mais je le sentis soulagé à la fin de notre conversation.

Emportés par notre joie et sûrement un peu de fierté d'avoir réussi notre honteuse mission, Pierre et moi nous prîmes naturellement dans les bras.

Étonnamment, une vague de bien-être me parcourut. Sans doute une conséquence de ma satisfaction d'avoir dénoué une situation alambiquée.

— Ça m'a fait de la peine de lui mentir, déclarai-je pour dissiper mon trouble.

— Moi aussi, répondit-il simplement.

Le trouble n'était à l'évidence pas partagé.

— Comment a-t-elle pu croire une histoire aussi aberrante ? pouffai-je.

— Le chagrin doit l'aveugler, j'imagine.

Mon rire ne rencontra aucun écho. Pierre restait d'ailleurs si sérieux que je me trouvai gourde de glousser stupidement devant cette demi-victoire si peu glorieuse, et si expéditive. Et puis était-ce réellement une victoire ? Un homme n'était-il pas passé sous un train ? Les sciences cognitives, comme la littérature, oublient quelquefois qu'elles ont le pouvoir d'être des armes de destruction, à l'instar d'une eau paisible qui dévaste un village quelques minutes après, ou du sournois élément gazeux qui étouffe des dizaines d'individus dans leur sommeil. Moyen de guérison pour certains, elles sont pour d'autres un bulldozer dans un jardinet. Mon sourire s'évanouit.

J'observai réellement David. Intensément. Pour la première fois. Il soutint mon regard. Gravement. Pour la première fois.

Le docteur Lorin faisait les cent pas dans sa chambre tapissée d'oiseaux d'espèces et origines variées, une décoration un peu désuète qu'il n'avait pas eu l'occasion de remettre au goût du jour mais qui n'avait jamais été au centre de ses préocc-upations. Avait-il pris une douche aujourd'hui ? Il avait l'habitude de se laver après le petit-déjeuner, mais comme il ne pouvait plus rien avaler, ça n'était pas certain. Rosie venait de lui apprendre la bonne nouvelle, pourtant, il n'en retirait aucune satisfaction. D'ailleurs, il n'avait jamais approuvé son initiative, mais son amie n'en faisait toujours qu'à sa tête. Aurait-il préféré passer en jugement pour atténuer un peu le poids de la culpabilité ? Et pour pouvoir justifier l'injustifiable ? Peut-être. Peut-être aussi que la famille Woolf méritait qu'on lui rende justice de cette manière. Qu'avait-il donc provoqué ? Il aurait dû s'apercevoir que ces recherches le menaient trop loin, il aurait dû comprendre qu'elles n'étaient que le reflet de son égocentrisme. Il avait reproduit les mêmes erreurs que les crapules qui, sous couvert de la science, dépouillaient leurs victimes de leurs biens, ou leur infligeaient des séquelles mentales qui les marqueraient à vie. Il les avait pourtant tellement dénigrées ! Il repensait à l'étude de la Britannique Julia Shaw qui démontrait qu'un patient pouvait être convaincu d'avoir commis un crime fictif au bout de trois séances de psychothérapie orientée d'une quarantaine de minutes. Obnubilé par son dessein, il avait totalement nié la fragilité de David. Il l'avait directement conduit sur cette satanée voie de chemin de fer. Si seulement il l'avait rappelé, si seulement la maladie ne l'avait pas cloué au lit... Le destin était bien cruel. Il ne se sentait plus capable de mettre les pieds à l'extérieur, rongé par la honte, au grand désespoir de son épouse, Mélodie, qui semblait avoir renoncé à lui faire entendre raison. Elle avait d'ailleurs fini par adopter la chambre d'amis pour fuir cette atmosphère angoissante. À chaque fois qu'elle tentait d'entrer dans cette pièce de 14 mètres carrés où il avait pris véritablement racine, elle le voyait penché sur son bureau, prostré, hagard. Comme un vieil arbre centenaire sur le point de s'effondrer. Il ne levait pas la tête de ses papiers et ne semblait aucunement remarquer sa présence, comme durant ces périodes où ses études l'obsédaient à tel point qu'il se réveillait quelquefois en sursaut, la nuit, afin d'aller noter une idée, une trouvaille. Partager son existence n'avait certes pas été aisé, mais la flamme qui l'animait alors dansait sur ses pupilles, et sa frénésie contaminait son entourage. Aujourd'hui, Mélodie avait devant elle l'ombre de l'homme qu'elle avait continué d'aimer malgré tout.

Que faisait-il de ses journées, à présent ? Il ne cessait de parcourir des pages et des pages de témoignages de victimes de faux souvenirs, les relisant inlassablement jusqu'à ce que ses yeux le brûlent, que son crâne douloureux le force à s'allonger un moment. Il désirait s'en imprégner totalement, alors même que chaque déposition le rendait encore plus mal en point, anéantissait le peu de braises qui le maintenaient encore vivant. Des coups d'aiguille sur une blessure à vif. Ainsi, de nombreuses proies de charlatans racontaient leurs cauchemars, des années après la fin de leur thérapie, leurs insomnies aussi, leurs liens difficiles ou carrément rompus avec leurs proches. Lui faisait partie de ces monstres décrits dans ces récits, de ces voleurs de mémoire, même si, dans son cas précis, il ne s'en était jamais caché. Une larme roula lentement sur sa joue, acide, piquante. Il transpirait l'abjection.

XX - 8 juin 2012

L'une des séances de Rosie

Pourquoi donc ricanais-je bêtement, allongée sur ce canapé couleur rouge sang ? Sérieusement, le choix de cette teinte était des plus prévisibles pour un psychothérapeute ou assimilé. Le summum du cliché. Je lui en fis la remarque, mais il ne broncha pas. Je me demandais si un technicien responsable du fameux clap de début de scène n'allait pas bientôt débarquer dans la pièce avec un air renfrogné, un jean noir et une casquette ébène vissée sur la tête. Je regrettais déjà d'avoir accepté de participer à tout ce cirque. J'avais d'ailleurs l'impression d'être prise au piège, à l'instar du taureau dans le bac à sable lui servant de zone de combat. Enfin, combat était un bien grand mot, et j'avais pour ma part toujours la possibilité de filer vers la sortie. Les verrous de la porte n'étaient pas bouclés. J'avais jeté un coup d'œil pour vérifier. J'avais même repéré une issue de secours.

Martin avait déjà dû me répéter maintes et maintes fois les mêmes phrases pour me contraindre à me détendre car je le trouvais un peu agacé. Mais il était drôle, ça ne se faisait pas sur commande, ce genre de choses ! Je me décidai donc à fermer les yeux « afin de ne plus être perturbée par des détails extérieurs », selon ses mots, mais je sentais que ça ne marcherait toujours pas ; comme les fois précédentes, j'avais un contrôle total de mes pensées, le lâcher-prise était une notion complètement contraire à mon tempérament. Et Martin qui ressassait inlassablement la même rengaine... Ça allait finir par m'excéder. *Relâche tes bras, tes poignets...* Sa technique de relaxation était bien rodée, je me revoyais à mes cours de préparation à l'accouchement, gonflée comme un ballon de baudruche, lorgnant les autres femmes qui s'appliquaient à effectuer l'exercice à la perfection, comme à l'école primaire lorsqu'on nous promettait une image en échange de notre bonne conduite. J'avais dû plusieurs fois retenir un fou rire qui aurait fait quelque peu désordre.

À cause de tout ce manège, mes paupières commençaient tout de même à se faire lourdes. L'ennui arrivait finalement à me faire somnoler.

Martin écoutait à présent Rosie déblatérer sur la culture birmane. Durant leurs séances, quand elle ne narrait pas de charmantes anecdotes sur sa fille – le stock était d'ailleurs apparemment inépuisable –, elle se rendait bien souvent virtuellement au sein de cette communauté, comme si elle y trouvait un refuge de bien-être. Tant et si bien que le docteur avait l'impression d'avoir déambulé durant des heures dans les rues de Rangoon en compagnie d'autochtones. Aujourd'hui, elle commentait leurs croyances hindouistes et leurs nombreuses superstitions, parlait de Bouddha, du ruban rouge et blanc que les habitants arboraient partout pour attirer la protection des *nats*, de l'importance des astrologues, du chiffre 8... Alors même qu'elle se proclamait foncièrement athée, elle vouait véritablement un culte à ce peuple, à ses temples trop ostentatoires nappés des dorures les plus tape-à-l'œil ou à son mode de vie totalement enclavé dans la religion. C'était Rosie, tout en paradoxes. La semaine dernière, elle pestait contre l a *junte* militaire au pouvoir. Quelle serait la thématique de leur prochain rendez-vous ?

Au bout d'un quart d'heure de quasi-monologue, elle se mit à conter, les larmes aux yeux, l'histoire tragique d'un amour impossible entre une jolie bouddhiste originaire de Mandalay et un jeune chrétien, dont la religion est très minoritaire au pays des bonzes. Elle était tombée sur le récit de leur mésaventure sur un blog dédié à ces injustices enfantées par les croyances. Rosie avait quelquefois ces élans émotifs qui desservaient sa santé autant qu'ils nourrissaient son œuvre littéraire. Martin appréciait ces instants où elle baissait les armes. Il choisit ce moment pour évoquer subrepticement Pierre, opérant un parallèle avec leur propre histoire qui n'avait pu être vécue à cause des circonstances de la vie. Face à cette constatation, Rosie se tut. Elle avait perdu le fil de ses pensées. Pierre détonnait dans ce décor sur fond d'architecture bouddhique. Un éléphant dans un jeu de quilles. Une fleur artificielle dans une plaine sauvage.

XXI - 8 août 2015

Plus d'un an après le Plan et la mort de David

Alors que j'allais finir par ne plus y croire, Pierre avait enfin réussi à se garer à une place où on aurait pu stationner deux voitures comme la sienne. Il pestait à présent contre Paris et sa circulation démentielle, son périphérique crasseux, ses rues bondées. Il avait souhaité faire le déplacement pour m'accompagner à une conférence sur Aung-San-Suu-Kyi organisée à la Sorbonne, dans le Ve arrondissement, et je le regrettais amèrement. Je n'avais pourtant jamais remarqué qu'il affectionnait l'Asie. Encore moins cette femme légendaire. Il n'aimait pas non plus l'ambiance de la Ville lumière, mis à part des promenades à Orsay ou au Centre Pompidou, ou au pire une balade sur les quais de Seine, la nuit tombée, afin de capturer quelques clichés. Alors pourquoi venait-il polluer mon univers ?

En y repensant, il avait bien réalisé une peinture sobrement intitulée *L'Irrawaddy*, l'année dernière. J'étais tombée dessus avec stupéfaction, au détour d'un des couloirs de son immense demeure. Au premier plan, une pagode peinte en jaune et vert ornée d'une ancre flottait tranquillement, moteur relevé, alors que ses passagers étaient occupés à contempler un dauphin qui nageait à leurs côtés, dévoilant à peine son rostre. Je l'avais brièvement questionné à ce propos, mais il était resté vague, presque gêné de devoir en divulguer les secrets de fabrication. Pourtant, il se complaisait, d'habitude, à me parler pendant des heures de ses créations, seul sujet de conversation qu'il maîtrisait à la perfection. Puis ce tableau contrastait grandement avec ses autres réalisations plus abstraites, moins colorées. Je repensais à la fois où il avait stupidement débarqué dans ma chambre d'hôtel lyonnaise avec sa peinture sous le bras et une explication fumeuse au bec. Un sacré phénomène. Il m'avait alors soutenu qu'un lien étroit existait entre ses sentiments et ses créations. Qu'en était-il donc de ce tableau ?

Moi-même ne m'étais encore jamais rendue en Birmanie, même si tous mes sens prétendaient le contraire, mais ce pays avec ses drames, ses sacrifices, ses blessures me fascinait. Je m'étais tant documentée sur cet écrin du rubis sang de pigeon, malheureusement tant adulé en joaillerie, que je pouvais décrire ses us et coutumes jusqu'à plus soif.

Le plus étrange, c'est que lorsque je m'imaginais là-bas, une délicieuse odeur de cèdre m'emplissait les narines alors qu'à ma connaissance, la terre birmane n'était pas propice au développement de ce végétal, mais plutôt de ces fameux arbres à *thanaka* à partir desquels les Birmans élaboraient la pâte qui leur servait à se peindre le visage. J'étais également cernée d'une atmosphère particulière m'évoquant une plongée dans un de ces merveilleux ouvrages alliant romantisme et noirceur, dont les écrivains nordiques du XIXe telle Mary Shelley raffolaient. Une ambiance fantastique que Pierre adorait reproduire depuis quelques années avec ses pinceaux, mais qui n'avait que peu de liens directs avec les montagnes birmanes. J'avais aussi la curieuse impression d'être accompagnée, comme protégée, une main chaleureuse venant quelquefois effleurer la mienne, ou entourer mes épaules. L'imaginaire s'entremêlait à mes connaissances historiques et géographiques, formant une fresque déconcertante et énigmatique. Mais resplendissante, inspirante et vivifiante.

Pierre me tira de mes pensées en saisissant doucement mes hanches. Je n'étais pas spécialement étonnée d'une telle marque d'attention venant de sa part, car je lui connaissais cette insupportable manie d'être excessivement tactile avec autrui, au point d'en être balourd. Mais un autre détail m'interloqua. Son parfum m'avait brûlé soudainement le nez, comme si je venais d'avaler du piment d'Espelette. Un effluve de cèdre, mêlé à du citron, emplissait mes narines. Je le repoussai brusquement. Il chancela et chuta mollement sur le deux-roues stationné derrière lui. La journée débutait bien. Elle s'annonçait prometteuse.

XXII – 8 août 2018

Trois ans plus tard

Pierre patientait tranquillement, observant avec fascination les augustes teintes jaunâtres et rosées du ciel vosgien en ce dimanche matin, alliées à une légère brume aux allures fantomatiques semblant s'étendre à l'infini et venir enrober entièrement la ville de Gérardmer. Jamais sa palette de peinture ne pourrait rendre justice à la nature, tant elle était aujourd'hui majestueuse.

Pouvait-on y rester insensible ? Était-il possible de ne pas être touché par ce spectacle naturel que rien ne pourrait arriver à reproduire assez fidèlement ? Ni appareil photo, ni pastels ? Depuis quelque temps, il se sentait plus serein et plus inspiré dans son œuvre. C'était bien sûr son point de vue d'auteur. Le cœur guide le crayon de l'artiste comme le stylo de l'écrivain. Et son cœur n'avait jamais été aussi accessible, et vulnérable. Mais l'exposer était la condition au bonheur. Il le laissait donc bien volontiers à découvert, ces derniers mois, même si ça avait quelque chose d'effrayant.

Martin n'allait pas tarder à arriver. Le destin n'avait pas été tendre avec lui, ce qui l'avait poussé à s'éclipser pendant près d'un an après son épisode dépressif. Selon sa femme, il s'était rendu à Reykjavik, comme en témoignait son billet d'avion, sur cette éblouissante et insaisissable île islandaise mêlant eaux turquoise et roches noires, cascades et terres rougeâtres, volcans et cimes enneigées. Aux portes de l'enfer. Un ventre de la terre ayant apporté un souffle créatif à Jules Verne et, apparemment, une forme de renaissance au professeur. Il n'y avait plus donné aucun signe de vie, aucun appel ni aucune lettre n'étaient parvenus jusqu'à sa famille. Avant de réapparaître au bout de onze longs mois d'angoisse pour ses proches qui le croyaient mort au fin fond de l'un de ces tourbillons de lave aspirant à nous happer vers l'inconnu. Peut-être l'avait-il été durant un temps. Puis il avait réussi tant bien que mal à se pardonner, et à retourner auprès des siens.

Il était revenu. Il avait renoncé à sa vie d'antan, à ses études sur le cerveau humain pour lesquelles il avait consenti tant de sacrifices, afin de se consacrer à son nouveau cheval de bataille : le monde de l'écologie. Là-bas, il s'était intéressé au rorqual, à l'ours polaire et aux milliers d'espèces menacées qui parsemaient le globe terrestre, particulièrement celles en danger critique, selon l'Union Internationale pour la Conservation de la Nature, et qui apparaissaient sur la funeste liste rouge. Il s'était alors trouvé un objectif, à plus ou moins long terme, hormis celui de sensibiliser les jeunes générations à ce triste phénomène : partir en Nouvelle-Zélande pour entreprendre des recherches sur le fameux perroquet de nuit, le *kakapo*, qui, du haut de ses quelque 60 cm, déplace ses 4 kilos en courant et non en volant et dont la population n'atteint pas 150 spécimens. Pourquoi cet oiseau en particulier, parmi tant d'autres à sauver ? Un plumage bicolore vert et jaune étincelant rendait ce végétarien particulièrement attrayant, son mode de vie nocturne et son incapacité à se mouvoir dans les airs lui donnaient un côté fragile, sa rareté faisant le reste. L'intérêt soudain de Martin pour un animal s'accrochant pour survivre à l'autre bout du monde était-il un nouveau moyen de fuir sa vie quotidienne ? Certainement. Mais la journée qui allait se dérouler n'avait pas pour but de dénoncer les résolutions du docteur, qui n'avaient de surcroît rien de condamnables, ni d'ébranler sa détermination en le questionnant ou en lui exposant les risques qu'il y avait à s'éloigner une nouvelle fois de Mélodie et de son cercle d'amis. Ce jour respirait la légèreté. La liberté. Les retrouvailles.

Pierre allait randonner, ou plutôt vagabonder avec le professeur dans la montagne vosgienne, slalomer entre sapins, hêtres et chênes, humer les senteurs des limiers jaunes et sceaux-de-Salomon. Malgré sa réticence à reprendre contact avec ceux qui avaient été spectateurs de sa désastreuse expérience, cette promenade en plein air le tentait. Infiniment. L'insistance de Pierre avait eu raison de ses dernières hésitations. Les deux hommes comptaient se rendre tranquillement au pont des Fées, à quelque vingt minutes de marche de Gérardmer, avant de rejoindre le lac des Truites.

Les embrassades furent chaleureuses, l'émotion submergea le docteur qui ne put retenir une demi-larme salée. Ils marchèrent un instant en silence avant d'entamer une conversation sur la faune et la flore environnantes, puis d'embrayer naturellement sur les desseins futurs du docteur et la préservation des espèces. Pierre se dit que le professeur avait cette spécificité de saupoudrer de passion tout ce qu'il concoctait, et ce même loin de son domaine de prédilection. Ils conversèrent sur le panda géant, la déforestation dramatique, la menaçante dérive des ours polaires, et atteignirent donc rapidement le célèbre pont des Fées.

Le professeur était trop absorbé par le récit de sa rencontre avec les macareux, en Islande, pour prêter attention à la femme tout de blanc vêtue assise sur un rocher. Il stoppa son discours en entendant le timbre de sa voix :

— J'ai failli attendre. Tu ne m'avais pas dit 10 heures ?

Pierre leva les yeux au ciel, un demi-sourire aux lèvres.

— Tu ne vas pas chipoter pour une demi-heure !

Rosie se leva pour aller à la rencontre du doc-teur qui s'était arrêté à quelques mètres d'elle, bouche ouverte, bras ballants. Elle l'embrassa chaleureusement.

— Tu as perdu ta langue, on dirait, Martin ? C'est si rare... J'espère que ça ne t'embête pas trop que Pierre ait vendu la mèche !

Ce dernier vint à la rescousse du docteur dont les yeux verts, semblables à deux nénuphars en perdition, s'étaient légèrement embués.

— J'ai invité Rosie à se joindre à nous, déjà parce qu'elle mourait d'envie de te revoir, mais aussi pour une raison bien spéciale.

Martin ne put cacher sa surprise.

— Je ne pensais pas que vous seriez restés en contact vous deux, vous ne faisiez que vous chamailler quand vous étiez ensemble, confia-t-il en examinant Rosie des pieds à la tête.

Il était étonné de lui voir un teint aussi resplendissant qui faisait écho à la mine réjouie de Pierre, à sa sérénité. Sa nouvelle coupe de cheveux lui seyait à merveille, mais c'était autre chose d'inqualifiable qui le déconcertait, dans son attitude. Il était content de la retrouver, elle et son franc-parler agaçant mais empli de sincérité.

Il les observa quelques secondes se taquiner gentiment. Ces deux-là avaient quelque chose de différent, comme s'ils avaient finalement mûri au bout de toutes ces années, comme s'ils avaient jeté le masque pour devenir enfin eux-mêmes. Leur façon de se parler, de se regarder. Et alors il comprit ce qui sautait aux yeux. Rosie et Pierre. Pierre et Rosie. Ils se complétaient. Ne formaient qu'un.

C'est presque sans surprise qu'il les vit ensuite s'enlacer tendrement, comme des enfants. Alors, ses larmes coulèrent, déversant ce flot de remords tissés de dépit, de colère et de tristesse qu'il avait tant besoin d'évacuer, mais transportant également cette joie incommensurable de voir l'un de ses espoirs déçus métamorphosé en souhait exaucé. Un entrelacement de sentiments si compliqués à maîtriser qu'il pleura ainsi de longues minutes.

Le soir, ils se retrouvèrent dans le chalet loué par Rosie et Pierre au cœur d'un parc animalier où l'on passait la nuit entouré de ces splendides animaux que sont les loups. Martin avait eu obligation de les y rejoindre pour que chacun raconte ses nombreuses péripéties de ces trois dernières années. Martin détailla son histoire d'amour avec l'Islande durant une bonne partie de cette délicieuse soirée, puis son difficile retour auprès de Mélodie. Les deux amoureux décrivirent avec humour comment ils s'étaient aperçus, non sans effroi, qu'ils étaient en train de s'attacher l'un à l'autre. Comment tout était devenu prétexte à se retrouver. Et comment leurs disputes s'étaient peu à peu espacées pour laisser place à des instants divertissants, puis romantiques. Ils remercièrent le docteur, même s'ils ne savaient pas quelle avait été réellement son influence sur leur histoire, et lui confièrent qu'ils se préparaient à un voyage de deux semaines en Birmanie. Une sorte de lune de miel. Puis, quand l'ambiance joyeuse s'y prêta, Rosie choisit de dévoiler l'étrange toile qu'elle avait peinte pour Pierre avant de la lui offrir pour leur première Saint-Valentin, ce qui déclencha un fou rire général : son don pittoresque était visiblement encore à développer. Puis ce fut au tour de Pierre de révéler sa première déclaration. Qu'il avait faite sous forme de lettre, bien entendu. Mais pour celle-ci, il avait eu l'audace de prendre lui-même la plume.

Rosie,

Je ne suis pas doué pour écrire ce que je ressens, pour en parler tout court, mais je vais essayer, puisque notre histoire est partie d'une lettre.

Nous sommes tous un peu façonnés à l'identique, nous sommes obsédés par l'ailleurs, l'inaccessible, l'impossible ou alors par notre propre nombril, en oubliant de prêter attention à ce qui se situe entre les deux.

Tout ça pour te dire que j'ai réalisé à quel point tu avais pris de l'importance dans ma vie. Et que je n'étais bien qu'à tes côtés.

J'espère que les sentiments sont partagés.

Pierre.

Un silence. Puis les rires fusèrent. Martin Lorin en pleura. Pierre fut un brin vexé, mais s'avoua vaincu. Et Rosie songea que c'était certainement la pire déclaration qu'elle n'ait jamais reçue, mais celle au goût le plus exquis.

Dépôt légal : octobre 2016